La Peur du Loup

ANNIE LEMIEUX-GAUDRAULT

La Peur du Loup

TOME 2
ÉLISE

Libre Expression

Une société de Québecor Média

Catalogage avant publication de Bibliothèque et Archives nationales du Québec et Bibliothèque et Archives Canada

Lemieux-Gaudrault, Annie
La peur du loup
L'ouvrage complet comprendra 3 volumes.
Sommaire : t. 2. Élise.
ISBN 978-2-7648-0875-7 (vol. 2)
I. Lemieux-Gaudrault, Annie. Élise. II. Titre.

PS8623.E542P48 2014   C843'.6   C2014-941339-4
PS9623.E542P48 2014

Édition : Nadine Lauzon
Révision linguistique : Céline Bouchard
Correction d'épreuves : Julie Lalancette
Couverture : Chantal Boyer
Mise en pages : Annie Courtemanche
Photo de l'auteure : Sarah Scott

Cet ouvrage est une œuvre de fiction ; toute ressemblance avec des personnes ou des faits réels n'est que pure coïncidence.

Remerciements
Nous reconnaissons l'aide financière du gouvernement du Canada par l'entremise du Fonds du livre du Canada pour nos activités d'édition.
Nous remercions le Conseil des Arts du Canada et la Société de développement des entreprises culturelles du Québec (SODEC) du soutien accordé à notre programme de publication. Gouvernement du Québec – Programme de crédit d'impôt pour l'édition de livres – gestion SODEC.

Les Éditions Libre Expression
Groupe Librex inc.
Une société de Québecor Média
La Tourelle
1055, boul. René-Lévesque Est
Bureau 300
Montréal (Québec) H2L 4S5
Tél. : 514 849-5259
Téléc. : 514 849-1388
www.edlibreexpression.com

Dépôt légal – Bibliothèque et Archives nationales du Québec et Bibliothèque et Archives Canada, 2015

ISBN : 978-2-7648-0875-7

Distribution au Canada
Messageries ADP inc.
2315, rue de la Province
Longueuil (Québec) J4G 1G4
Tél. : 450 640-1234
Sans frais : 1 800 771-3022
www.messageries-adp.com

Diffusion hors Canada
Interforum
Immeuble Paryseine
3, allée de la Seine
F-94854 Ivry-sur-Seine Cedex
Tél. : 33 (0) 1 49 59 10 10
www.interforum.fr

À mon père, qui adore également la sci-fi.

1

Eos

Niveau d'énergie : 9/10
Niveau de stress : 1/10
Efficacité physique et mentale : 9/10
Sentiment général de compétence : 10/10

*C*omme tous les matins, à l'occasion de notre réunion d'équipe quotidienne, je remplis ma fiche RAM (Rencontre d'autoévaluation matinale). Il s'agit d'une réunion très appréciée – et devenue rapidement obligatoire – par la direction de l'entreprise de construction de jets privés pour laquelle je travaille depuis six ans, Eos Aéronautique. À mes débuts au sein de la compagnie, je considérais qu'il s'agissait d'une perte de temps, et même que l'exercice était ringard. Avec les années, mon opinion a changé. Je trouve maintenant agréable de discuter en début de journée avec les cinq autres membres de mon équipe, la GEC (Gestion des éléments critiques). La réunion, d'une trentaine de minutes environ, est segmentée en plusieurs parties. Après avoir rempli notre fiche RAM, nous discutons de notre état général – santé physique et morale, soucis personnels ou professionnels, etc.

Ensuite, notre chef d'équipe, qui préside la réunion, énumère les éléments positifs au niveau de notre rendement, de la qualité du travail et de la sécurité. Cela est évidemment suivi par les points négatifs touchant les mêmes sujets, surnommés les «oups!». Même après toutes ces années, ce nom me fait encore rire. On ne pourra jamais reprocher à ma compagnie de ne pas avoir le sens de l'humour. Enfin, notre chef d'équipe nous demande de faire un suivi rapide de chacun de nos projets respectifs et établit les priorités pour la journée. Notre fiche RAM est ensuite classée dans notre dossier et nous recevons chaque mois des graphiques illustrant l'évolution de nos niveaux d'énergie, de stress, d'efficacité et de compétence sous forme de courbes et de diagrammes. Je suis toujours amusée lorsque je prends connaissance des croquis me concernant. C'est comme ça, avec les ingénieurs, tout est prétexte à faire des graphiques.

Aujourd'hui, nous tenons notre réunion dans le jet que l'entreprise laisse à notre disposition pour faire la navette entre le bureau de Montréal et celui de Toronto. Nous avons rendez-vous avec nos collègues anglophones pour rendre visite à un fournisseur torontois se spécialisant dans la fabrication de fournitures de cuisine destinées aux transporteurs aériens. Je travaille pour la division de l'entreprise qui construit les jets privés haut de gamme, les Eos d'Or. Plus précisément, je fais partie du secteur chargé du design d'intérieur. Les appareils nous arrivent «tout nus» et nous devons les équiper selon les besoins spécifiques des clients les ayant commandés. Il s'agit d'appareils très luxueux dont le prix de base est de 50 millions de dollars. Chaque client est libre d'ajouter les «extras» qu'il souhaite, moyennant évidemment une somme supplémentaire, qui dépasse souvent les 15 millions de dollars. Les possibilités sont infinies: cuisine équipée avec comptoir de granite, salles de bain complètes, chambres avec grands lits, plancher de bois franc, fauteuils chauffant et massant en cuir véritable, etc.

Mon équipe, la GEC, est chargée de gérer les demandes spéciales et les problèmes qui peuvent survenir lors de l'installation du matériel. Nos clients peuvent avoir beaucoup d'imagination lorsqu'il s'agit de faire la liste des équipements et accessoires qu'ils désirent. Par contre, il ne faut pas oublier qu'il s'agit d'un avion qui doit voler et être sécuritaire, et qui est soumis à de grandes contraintes physiques. C'est à la GEC de trouver des solutions pour intégrer à l'appareil du matériel ou de l'équipement dont l'utilisation à bord d'un avion est à première vue difficile, voire impossible.

Notre jet est encore immobile sur la piste adjacente aux installations ultramodernes de la société où se trouve mon bureau. Nous attendons deux retardataires : notre vice-président et Simon, mon collègue et ami. Mon chef d'équipe, Benjamin, est debout pour présider la rencontre RAM. Il se penche pour mieux voir par le hublot.

— Bon, voilà Fournier qui s'en vient ! Encore en retard. Rien pour aider sa courbe de ponctualité !

Je me tourne pour regarder à mon tour par le hublot. Simon court sur le tarmac. Sa mallette en cuir pleine à craquer s'ouvre inopinément et des feuilles s'en échappent, se répandant sur la piste. Il s'en aperçoit et rebrousse chemin en tentant maladroitement de les rattraper, ce qui fait rire de bon cœur mon chef d'équipe.

— Pauvre Fournier, à le voir comme ça, personne ne pourrait croire qu'il construit des avions ! Bon, on était rendus où ? Ah oui, les oups ! Qui veut commencer ? demande-t-il en s'adressant aux quatre membres de l'équipe déjà présents.

Nous nous sommes assis un peu à l'écart des autres équipes qui, elles aussi, procèdent à leur réunion RAM. Le jet dispose de quatre-vingts places et n'est rempli qu'au quart. Nous ne serons qu'une vingtaine d'employés à assister à la démonstration du fournisseur.

— Moi j'ai un oups! touchant la sécurité, mentionne Pascal avec trop de motivation. Hier, quelqu'un a laissé son plat de plastique dans le lavabo avec un restant de nourriture SANS l'avoir lavé!

Pascal travaille au sein de la GEC depuis une dizaine d'années. Il vient d'avoir trente-cinq ans, il a les cheveux courts et un visage angulaire. Comme il est très grand et très mince, il a beaucoup de difficulté à trouver des vêtements qui lui conviennent. De toute façon, à voir ce qu'il choisit pour s'habiller, il est évident qu'il ne s'agit pas d'une de ses priorités. En revanche, pour tout le reste, il est excessivement pointilleux, à un point qui frôle le trouble obsessionnel compulsif. Il a bon cœur, mais malheureusement les relations interpersonnelles ne sont pas sa grande force. Il vit carrément sur une autre planète.

— Et en quoi c'est un problème de *sécurité*? demande Sandrine avec agacement.

Sandrine est un peu plus jeune que moi. C'est une fille super et très dynamique, parfois même frondeuse. Elle a un petit côté rock'n'roll qui transparaît dans son attitude et ses choix vestimentaires. Elle partage sa table de travail avec Pascal et est habituée aux échauffourées avec lui.

— C'est clairement un problème de sécurité. Vous vous rendez compte des milliers de bactéries bien installées dans ce milieu propice à leur croissance? explique Pascal avec sérieux.

— Mon Dieu, nooon! Elles vont nous attaquer! lance Luc sur un ton exagérément catastrophé, ce qui nous fait tous rire, à l'exception de Pascal.

Luc est âgé d'une quarantaine d'années, c'est le doyen de notre équipe. Marié, il est l'heureux papa de quatre filles. Il priorise sa famille et, même s'il adore son travail, il n'est pas intéressé à grimper les échelons de l'entreprise. C'est un bon vivant, toujours prêt à faire rire et à s'amuser. Il est petit et très costaud. Il partage sa table de travail avec Benjamin, son grand ami.

Luc et Benjamin se sont rencontrés à l'université, où ils se sont liés d'amitié. Benjamin a même décroché son emploi au sein de la compagnie grâce à Luc, qui avait insisté auprès de la direction pour qu'on l'embauche alors qu'il n'avait pas encore terminé ses études. Étonnamment, ils sont très différents. Benjamin est grand, svelte, très bel homme, éternel célibataire et carriériste. Il sait faire preuve de leadership. Il est habile pour gérer les crises et pour régler les dossiers difficiles. Toutefois, les deux hommes possèdent le même sens de l'humour et font souvent les bouffons.

— Vous ne comprenez pas. Je crois qu'il y avait du poulet dans le plat, insiste Pascal.

— Non, pas vrai ? Ça va être l'invasion de la salmonelle géante ! renchérit Sandrine.

Benjamin éclate de rire alors que Luc tape dans ses mains. Le visage de Pascal devient rouge.

— C'est ça, riez ! Il y a juste moi, ici, qui ai une compréhension adéquate de la rapidité de la multiplication des bactéries.

— Mais non, Pascal, pas besoin de te fâcher. On va faire plus attention, la prochaine fois, avec nos restants, dis-je par empathie pour lui.

— Élise a raison, conclut Benjamin pour mettre fin à la discussion. Je propose qu'on instaure la procédure suivante : il faut bien vider et nettoyer nos plats après avoir mangé et ne pas les laisser traîner dans le lavabo. Est-ce que ça convient à tout le monde ?

— Quels plats ? demande Simon, qui vient tout juste d'arriver à notre hauteur dans l'allée de l'avion. Ça me fait penser que j'ai oublié le mien au bureau, hier.

Le commentaire de Simon déclenche une rafale de rires au sein du groupe, dont celui de Pascal. Le retardataire s'assoit à côté de moi sans trop saisir ce qui se passe. Simon est mon grand complice depuis que j'ai commencé à travailler pour Eos Aéronautique. Nous partageons la même table de travail, mais aussi nos joies et nos soucis. Dans la trentaine, il a une belle apparence – sans être aussi spectaculaire que Benjamin –, mais, surtout, il est absolument adorable. D'une gentillesse infinie, il est toujours prêt à rendre service ou à remonter le moral des troupes. Il peut se montrer gaffeur plus souvent qu'à son tour, mais sait faire preuve d'un excellent sens de l'humour et d'une autodérision qui lui permet de se faire pardonner presque tout.

Les passagers sont maintenant tous bien installés à bord, et l'avion prend enfin son envol. Après quelques minutes, le pilote lève la consigne nous imposant d'attacher nos ceintures. Nous atterrirons à Toronto dans moins d'une heure. Je me cale confortablement dans mon fauteuil et souris en pensant à quel point j'aime mes coéquipiers. La GEC est en quelque sorte devenue une deuxième famille pour moi. Nous passons énormément de temps à travailler en équipe. Cinq jours sur sept depuis six ans, je partage mon temps et mon espace de travail avec eux. Nous connaissons les qualités et les défauts – ainsi qu'une grande partie de la vie personnelle – de chacun.

Au bureau, nous sommes tous installés dans le même local et nous partageons trois tables de travail sans cloisons, ce qui ne laisse pas beaucoup de place pour l'intimité. Même si des prises de bec peuvent survenir à l'occasion, nous nous respectons et nous nous apprécions. Je suis choyée d'être tombée sur un aussi bon groupe, avec lequel il est toujours possible de s'amuser malgré le sérieux de notre profession. Simon se tourne vers moi.

— Tu as des sorties de planifiées, pour ce weekend? me demande-t-il pour faire la conversation.

— Je vais à un mariage, demain.

— Qui se marie?

— Alexandre. Je ne crois pas que tu le connaisses. C'est un ami de Sara et, par ricochet, de Marie et moi.

— Tu y vas avec Jonathan?

— Non, il a quelque chose dans sa famille. Il m'a dit qu'il essaierait de venir me rejoindre en soirée.

Simon affiche un air désapprobateur.

— Ne me regarde pas comme ça!

— Un gars qui n'accompagne pas sa blonde à un mariage, tu ne trouves pas que ça veut dire quelque chose?

— Je sais que j'ai un historique de choisir des gars qui ont un problème avec l'engagement, mais cette fois-ci j'ai changé mon *casting*! réponds-je à Simon, qui ne bronche pas. Je te le dis! Jonathan n'est pas comme ça. Il déménage chez moi le mois prochain!

— D'accord… Mais je me méfie quand même de lui. Il ne me donne pas l'impression d'être le gars le plus fiable…

— Simon, Simon… Tu te méfies de tous les hommes que je fréquente.

— Peut-être… C'est parce que tu es trop formidable. Il y en a aucun à ta hauteur!

Simon et moi avons une relation qui se rapproche de celle de frère et sœur. Il lui arrive à l'occasion de se montrer trop protecteur, et cela, particulièrement lorsqu'il s'agit de mes amants. Il faut dire, pour sa défense, que j'ai souvent pleuré mes échecs amoureux sur son épaule.

— Parlant du loup, je n'ai pas vu Jonathan dans l'avion. Il ne vient pas à Toronto avec nous?

— Non, le département du Marketing n'a pas été invité.

Jonathan travaille également pour Eos Aéronautique. Avant d'entamer notre relation, je craignais les complications qui pouvaient découler d'une fréquentation avec un employé d'Eos. Mes peurs étaient absolument non fondées; nous ne nous croisons pratiquement jamais.

Luc, qui s'était levé pour aller aux toilettes, revient à son siège. Avant de reprendre sa place, il s'arrête et nous regarde.

— Savez-vous quoi ? Je me sentirais tellement plus propre et frais si j'avais pu me doucher le cul, aux toilettes ! Je suis certain que ma journée en serait changée pour le mieux ! lance-t-il avec ironie avant de s'asseoir.

Nous nous esclaffons. Le plus récent mandat de Luc est justement d'intégrer des bidets dans les Eos d'Or. Ces cuvettes munies d'une douchette sont en ce moment très populaires auprès de notre clientèle chinoise. Un de nos gros clients d'origine pékinoise nous a commandé trois avions et a émis le souhait que les salles de bain soient toutes équipées de bidets. Ce mandat tient Luc occupé à plein temps depuis plusieurs mois. Cette exigence particulière est sur le point de venir à bout de sa santé mentale et affecte grandement sa courbe de stress. Je suis très heureuse de ne pas avoir hérité de ce projet. À ce jour, j'ai toujours été chanceuse dans l'attribution des mandats.

Patrick, du département des Achats, avance dans l'allée à côté de nous. Il tient un plateau sur lequel sont posées une cafetière et des tasses de plastique blanc, le tout étant destiné à son équipe. Sandrine l'aperçoit et lui dit d'un ton espiègle :

— Excusez-moi, monsieur l'hôtesse de l'air, je prendrais une tisane.

— Et moi, un Perrier sur glace ! ajouté-je sur un ton moqueur.

— C'est maintenant qu'on passe nos commandes ? demande Benjamin, jouant les innocents. Eh bien, je vais prendre un scotch. Rien de mieux pour commencer la journée !

— Heille, la GEC, allez faire vos commissions vous-mêmes ! réplique Patrick, amusé.

Il fait quelques pas dans l'allée puis se ravise et se tourne vers nous.

— Dites-moi, ils sont bien corrects, nos plateaux. Qu'est-ce qu'on va faire à Toronto? nous demande-t-il en regardant celui qu'il tient.

L'avion est alors secoué par une légère turbulence, ce qui fait chanceler le responsable des achats. La cafetière glisse et, voulant la stabiliser, Patrick fait un mouvement brusque. Ce sont maintenant les tasses qui glissent. Incapable de tout rattraper, il finit par laisser tomber sur le tapis deux tasses qui, heureusement, n'étaient pas encore remplies.

— Tu viens d'avoir ta réponse, lui dit Luc.

— J'ai la solution. Il faudrait des ensembles à café aimantés! suggère Patrick en se penchant pour ramasser les tasses.

— Tu ne veux pas que je commence à t'expliquer pourquoi c'est une très mauvaise idée d'avoir des plateaux magnétiques dans un avion, lui répond Pascal.

— Bon, et combien ça va coûter, tout ça? demande Patrick.

— Avec vous, les comptables, c'est toujours une question d'argent, réplique Benjamin d'un ton moqueur.

Patrick fait la moue avant d'aller rejoindre son équipe. Je le regarde s'éloigner en me disant à quel point j'aime que nous puissions nous taquiner entre départements. C'est toujours inoffensif. L'atmosphère à Eos Aéronautique est très agréable. L'entreprise a su créer des liens forts entre ses employés en organisant de nombreuses activités afin de renforcer le *team building* – une expression que la direction adore utiliser – et en mettant de l'avant des valeurs comme la collaboration, le respect et la confiance. C'est sûrement grâce à ma bonne étoile qu'Eos Aéronautique m'a embauchée après que j'ai envoyé mon CV, un peu par hasard, en sortant de l'école.

***

Je marche dans le grand stationnement de l'entreprise en direction de ma voiture. Je viens tout juste de revenir de Toronto ; il sera bientôt 22 heures. Toute la journée, notre fournisseur a déployé une véritable opération séduction. Entre chaque présentation, il nous servait des croissants, des fruits et des chocolats. Il nous a ensuite offert un dîner cinq services bien arrosé. Après un seul verre de vin, j'avais la tête qui tournait ; je ne suis pas habituée à boire de l'alcool le midi. Les présentations ont continué jusqu'en début de soirée, toujours entrecoupées de collations. La journée s'est terminée par un cocktail dînatoire qui péchait par abondance.

Plusieurs de mes collègues ne sont d'ailleurs pas en état de prendre leur voiture pour rentrer chez eux. Je les aperçois, agglutinés sous le porche de l'entrée principale, qui attendent un taxi. Pour ma part, j'ai été très sage. Il ne m'est arrivé qu'une seule fois de trop boire dans une activité de bureau. Je me suis fait la promesse de ne plus jamais recommencer lorsqu'on m'a raconté, à mon retour au travail le lundi matin suivant, que j'avais dansé avec un peu trop d'enthousiasme, seule, au milieu de la piste de danse, sans mes souliers… Benjamin adore revenir sur cette histoire. Il a même eu l'audace de faire à quelques reprises une imitation peu flatteuse de ma prestation.

Je me laisse tomber lourdement sur le siège, derrière le volant. J'ai trop mangé. Lorsque je pense à tout ce qu'on nous sert lors de ce genre d'événements, je me dis que c'est un véritable miracle que je ne sois pas obèse.

***

Je me regarde dans le grand miroir de ma chambre à coucher. Je suis prête pour le mariage dont la cérémonie débute dans quarante-cinq minutes. Je suis très satisfaite de mon ensemble. Je porte une robe de cocktail ajustée en dentelle bleu foncé. J'ai chaussé des souliers à talons aiguilles en cuir verni d'un orange éclatant. Le tout est assorti d'un petit sac à main et de boucles d'oreilles de la même teinte que mes chaussures. Un ensemble parfait pour un mariage en cette splendide journée du début du printemps. Jamais je n'aurais pensé à jumeler ces deux couleurs. J'en ai eu l'idée en regardant des sites de vêtements sur Internet. Après avoir déniché ma robe, j'ai fait des recherches sur le Web afin de trouver les meilleurs accessoires. Je suis tombée sur des photographies d'un «tapis rouge» pour la première d'un film américain. Une des comédiennes, vêtue d'une robe de la même couleur que la mienne, portait des souliers et des bijoux orange vif, ce que j'ai trouvé absolument magnifique. Bon d'accord, je sais très bien que je peux me montrer maniaque lorsqu'il s'agit de faire du *shopping*. Mais pour me justifier, j'estime que nous avons tous droit à nos petits plaisirs coupables.

***

La cérémonie du mariage terminée, je discute de tout et de rien avec mes grandes amies Sara et Marie, sur le parvis de l'église. Nous attendons notre tour pour prendre des photographies avec les mariés.

— J'ai trouvé les boucles d'oreilles dans une petite friperie, sur Saint-Laurent, expliqué-je aux filles.

— Élise! Encore en train de parler de magasinage! Comme je ne suis pas étonné, me coupe Stéphane Lemay sur un ton réducteur.

Stéphane est l'une de mes fréquentations désastreuses d'il y a plusieurs années. Il vient de faire son apparition à mes côtés, comme s'il sortait d'un cauchemar.

— Ce n'est pas toi qui *trippes* sur les voitures modifiées? lui répond Sara avant même que j'aie le temps d'ouvrir la bouche.

19

— « *Trippais.* » J'ai évolué, moi.

— Élise est ingénieure en aéronautique. Elle a bien le droit de se distraire avec ce qu'elle veut, rétorque Marie.

— L'avocate et la comédienne qui volent au secours de leur amie. Ça aussi, ça me rappelle des souvenirs.

— Je ne savais pas que tu étais un des invités. Tu connais Alexandre? demandé-je sur un ton qui se veut sympathique pour mettre fin aux hostilités.

— Non. Je suis un ami du frère de la mariée. Le monde est petit. On se revoit plus tard, dit-il en nous quittant.

— Oui, vraiment, le monde est trop petit…, laisse échapper Sara lorsque Stéphane n'est plus à portée de voix.

— C'étaient quoi les chances qu'il soit ici, lui? Je ne l'ai pas revu depuis des années!

— Pourtant, il semble t'en vouloir comme si ça s'était passé hier, souligne Marie.

— C'est parce que c'est un con! C'est lui qui m'a trompée et il se permet d'être le plus fâché de nous deux.

— Il n'a jamais accepté que tu le laisses et encore moins que ce soit nous qui t'ayons appris qu'il te trompait, me rappelle Sara.

— Il va me gâcher ma soirée! Et Jonathan qui arrive juste après le repas!

— Ne t'inquiète pas, ma chérie. En attendant ton chum, c'est moi qui serai ta *date*, me dit gentiment Marie en me prenant par le bras.

Stéphane Lemay… Que de mauvais souvenirs! Notre relation ne fut pas très longue, ni très glorieuse. Nous nous fréquentions depuis quelques mois. Même s'il n'était pas le garçon le plus attentif, j'étais très éprise de lui. Un jeudi soir, alors que j'allais comme d'habitude rendre visite à mon père, Marie et Sara étaient sorties par hasard dans le même bar que lui. Stéphane ne les avait pas remarquées lorsqu'elles étaient entrées au *Bière et Martini*. Il était trop occupé à embrasser une fille à pleine bouche sur la piste de danse. Sous le choc, mes amies l'avaient ensuite vu se diriger vers les toilettes pour s'enfermer avec sa belle dans l'une des cabines. Lorsque je l'avais questionné sur cette histoire, il avait tout nié. Il m'avait raconté qu'il avait simplement dansé avec une copine, cette soirée-là, et que c'étaient mes amies qui avaient inventé tout le reste parce qu'elles étaient, évidemment, jalouses. Il avait poussé l'audace jusqu'à exiger de moi de ne plus les revoir si je voulais rester avec lui. Le choix a été absolument déchirant. J'ai dû prendre au moins un milliardième de fraction de seconde – le temps qu'a mis l'influx nerveux pour transmettre l'information à mon cerveau – pour faire mon choix. Bien sûr, je l'ai largué.

Cet incident est arrivé il y a plusieurs années et, rétrospectivement, je m'étais convaincue que son comportement s'expliquait par sa jeunesse. Il n'avait que vingt-trois ans. Son attitude sur le parvis de l'église vient de contredire ma théorie. Alors que nous approchons maintenant de la trentaine, il est toujours aussi con.

Je me fais mentalement la leçon en ressassant cette vieille épopée. Il est évident qu'en grande majorité les hommes sont loin d'être aussi bêtes et menteurs que lui. Stéphane est l'exception, et c'est moi qui ai le don de toujours choisir les pires spécimens ; comme si je ne possédais pas l'intelligence émotionnelle nécessaire pour choisir un bon partenaire. Je suis tellement heureuse de m'être émancipée de ce fâcheux trait de personnalité et de vivre une relation saine avec Jonathan.

***

Je termine enfin une longue conversation avec une tante d'Alexandre un peu trop soûle et envahissante. Je commençais à croire qu'elle ne me laisserait jamais partir. Le repas de cette magnifique réception de mariage est terminé depuis un bon moment, et la plupart des convives se déhanchent sur la piste de danse. J'aperçois Sara et Vincent, son amoureux, qui dansent à en perdre haleine. Je les trouve tellement beaux, tous les deux. Leur amour transparaît dans chacun de leurs mouvements. Mon téléphone à la main, je me dirige vers la sortie pour tenter de joindre Jonathan. J'aimerais vraiment qu'il vienne me retrouver, particulièrement depuis que je sais que j'ai un ex qui me déteste parmi les invités. Dès qu'il répond, je lui lance:

— Jonathan! Que fais-tu, mon chéri?

— Je suis chez mon père. Je l'aide à installer sa thermopompe.

— Encore? Il commence à être tard pour faire ça, non?

— Il faut croire qu'on n'est pas très bons.

— Est-ce que tu vas venir me rejoindre quand même?

— Je ne crois pas. J'ai déjà bu plusieurs bières et je n'ai pas envie de faire une demi-heure de route. Je pense que je vais coucher ici. C'est correct avec toi?

« C'est correct avec toi? » Je me répète mentalement cette phrase en marchant vers les toilettes. Qu'est-ce que j'aurais pu répondre? «Non! Je veux que tu prennes ta voiture et que tu risques d'avoir un accident et/ou un casier judiciaire!» Pas étonnant qu'ils n'aient pas encore terminé d'installer la thermopompe! S'il n'est pas en état de conduire, je vois difficilement comment il pourrait être en mesure de travailler efficacement. Il aurait pu demander mon aide. Ça m'aurait fait plaisir de passer chez son père demain pour leur arranger ça… Je suis déçue. Ce n'est pas tant que j'aurais aimé qu'il m'accompagne au mariage, mais je déteste lorsqu'il fait son évasif. S'il n'avait pas envie de venir, j'aurais préféré qu'il me le dise simplement au lieu de me laisser dans l'expectative de son arrivée. Quand je lui ai demandé s'il voulait m'accompagner, je lui ai pourtant mentionné qu'il ne s'agissait pas d'une obligation. J'entre dans la salle des toilettes alors que Sara sort d'une des cabines :

— Élise ! Tu étais où ? me demande-t-elle en ouvrant son sac à main pour retoucher son maquillage.

— Dehors... au téléphone. Jonathan ne passera pas finalement, dis-je en entrant dans une cabine.

— Es-tu triste ?

— Ce n'est pas la fin du monde. Ce n'est pas comme si je n'avais pas d'amis ici.

— C'est quand même dommage..., me lance Sara de l'autre côté de la porte. J'ai tellement chaud. Je pense que je vais me calmer avant de retourner sur la piste de danse.

— Je t'ai vue avec Vincent. Vous étiez en feu !

— Toi, tu t'amuses quand même ?

— Oui, oui..., réponds-je distraitement. C'est bizarre, je n'ai pas eu mes règles depuis un bon moment. Je commence à m'inquiéter.

— Moi aussi je suis en retard ! dit-elle alors que je sors de la cabine.

— C'est vrai ? As-tu fait un test de grossesse ?

— Non, ça m'arrive souvent. Je n'ai pas un cycle très régulier. Et je ne vois pas comment je pourrais être enceinte ; je prends assidûment la pilule. Comme quelqu'un de névrosé, je la prends à heure fixe, et si jamais je dépasse de plus d'une heure, je demande à Vincent de mettre un condom en plus pour le reste du mois. Je ne suis tellement pas prête à avoir un bébé. Toi, tu en as fait, un test ?

— Oui. Négatif. Ce qui n'est pas très étonnant puisque je prends aussi la pilule. Mais je suis régulière, d'habitude, et ça fait plusieurs mois que je n'ai pas eu mes règles.

— Ce n'est sûrement rien, me rassure Sara, sentant mon inquiétude.

— J'ai mon rendez-vous annuel avec ma gynécologue lundi prochain. Ça tombe bien, je vais pouvoir lui en parler.

— Il y a peut-être une conjoncture entre les planètes et la lune qui dérègle nos cycles! dit Sara en plaisantant.

— Ou mon test n'était pas bon et on est toutes les deux enceintes!

— NOOOON! s'écrie Sara en imitant le cri d'une victime de film d'horreur. Allez, Élise, viens danser avec moi!

J'abandonne Sara et Marie sur la piste pour aller me chercher une bouteille d'eau. Je me place dans la file, au bar. Stéphane arrive à mes côtés. Sa présence m'irrite. Je me raidis. Je me convaincs que toute cette histoire est absolument ridicule. Depuis le temps, je devrais être capable de mettre mon ressentiment derrière moi. Je ne vois pas pourquoi nous ne pourrions pas agir comme deux adultes matures. Je lui envoie un petit sourire. Au lieu de m'accorder la même politesse, il me regarde d'un air mauvais. Ses yeux vitreux trahissent une trop grande consommation d'alcool.

— Ma belle, ça te dirait d'aller baiser dans les toilettes? me demande-t-il en me souriant méchamment.

Je suis sidérée par sa question dont le sous-entendu me lève le cœur. Je ne peux pas croire que j'ai déjà été intime avec un tel individu. Soudain, Vincent s'interpose entre nous, sortant véritablement de nulle part. Je ne l'avais même pas remarqué au bar. Il observe Stéphane avec mépris – il faut dire que les filles et moi lui avons raconté notre histoire dans les moindres détails pendant le repas.

— Je t'ai entendu. C'est quoi, ton problème? lui demande Vincent.

— Aucun problème. Je voulais juste faire une faveur à Élise. Ça lui ferait du bien de se déniaiser.

Quand on était ensemble, elle n'était pas très bonne au lit…

Mes yeux s'arrondissent et je laisse échapper un petit « oh ». Je suis dépassée par son commentaire abject. Le visage de Vincent se durcit.

— Bon, ça suffit, le cave. Tu sors d'ici ! lui ordonne-t-il autoritairement.

— Pogne pas les nerfs ! C'était juste une *joke*…

— Tu ne veux pas me voir « pogner » les nerfs, gronde Vincent en l'attrapant par le col de chemise.

Sara et Marie viennent précipitamment me rejoindre. Stupéfaites, elles observent Vincent escorter Stéphane jusqu'à la sortie. Mon ex-copain n'offre pas beaucoup de résistance. Il n'est pas de taille ; l'amoureux de Sara le dépasse d'une tête et est beaucoup plus costaud.

— Mon Dieu ! Qu'est-ce qui s'est passé ? s'enquiert Sara avec inquiétude.

— Stéphane m'a demandé si je voulais l'accompagner dans les toilettes et m'a ensuite dit que je baisais mal.

— Ma pauvre chouette ! s'exclame Marie.

— Non, ç'a valu la peine, réponds-je.

— Quoi ? me demande Sara perplexe.

— Voir Stéphane se faire mettre dehors de manière aussi humiliante par ton chum. Ça vaut bien une insulte ou deux…

Nous nous regardons toutes les trois et éclatons de rire. Je me sens énormément soulagée par le départ de Stéphane et j'ai enfin envie de faire la fête.

2

L'Afrique

Niveau d'énergie : 9/10
Niveau de stress : 1/10
Efficacité physique et mentale : 9/10
Sentiment général de compétence : 9/10

— $\mathcal{J}$e propose le protocole suivant : après avoir utilisé la table à dessin, il faut s'assurer de bien ranger les crayons dans leurs étuis respectifs en les classant par leur code de couleur. Est-ce que ça convient à tout le monde ? demande Benjamin sur un ton blasé en regardant Pascal.

Je lève les yeux et observe Simon, assis en face de moi, qui plie une feuille de papier avec beaucoup d'attention. Nous sommes tous installés à nos grandes tables de travail, à l'exception de Benjamin, qui marche nonchalamment dans notre spacieux local. Nos trois tables de travail sont placées près de l'immense fenêtre qui fait tout un mur de la pièce. Elles sont munies d'un équipement informatique dernier cri. Chacun de nous possède un ordinateur portable, une tour, deux grands écrans et une tablette tactile, le tout s'intégrant parfaitement au mobilier. Une table à dessin est également mise à notre disposition près de l'alcôve qui nous sert de salon et de cuisinette.

— Nous allons devancer notre réunion de cet après-midi avec le département de la Sécurité en vol, puisque Élise doit partir plus tôt pour un rendez-vous médical, continue Benjamin.

— Rien de contagieux? s'inquiète Pascal.

— Non, réponds-je.

— Tu es certaine? J'ai entendu dire qu'il y avait une épidémie de gastroentérite dans le département des Ressources humaines. Tu as peut-être été contaminée, insiste-t-il.

— Ne t'inquiète pas, je vais bien, dis-je sur un ton rassurant.

— Oui, mais tu sors avec quelqu'un du département du Marketing, et leurs locaux sont au même étage que les Ressources humaines… La dernière fois que j'ai eu une gastro, je me suis ramassé à l'urgence à vomir mes tripes dans le corridor pendant onze heures avant de pouvoir rencontrer un méd…

— C'est beau! Je ne suis pas malade, le coupé-je, agacée. C'est juste mon rendez-vous annuel chez ma gynécologue. Ça te va?

Pascal n'ajoute plus rien et son visage devient écarlate. Il n'est pas très à l'aise avec les sujets «féminins».

— Quoi? Tu ne savais pas que les femmes ont des VAGINS? s'amuse Luc devant l'inconfort de Pascal.

Sandrine pouffe de rire à la plaisanterie de Luc. Benjamin remarque que Simon ne semble pas suivre la conversation. Il s'approche de lui avec un air inquisiteur.

— Qu'est-ce que tu fais, Simon?

— Oh rien, un avion en papier.

— Mais tu t'y prends tout croche! Il ne volera jamais, ton avion.

— Oui, regarde! assure Simon en lançant l'objet.

L'avion ne vole même pas sur une distance d'un mètre.

— Je sais ce que j'ai fait de pas correct. Je recommence, s'empresse de dire Simon en prenant une autre feuille.

— Il faut que les ailes soient plus longues, conseille Pascal.

— Tu as fait trop de replis, ça fait de la friction avec l'air, commenté-je.

— Voyons, c'est la queue, le problème! ajoute Benjamin.

— Non! L'avion n'a pas assez de portance, il faut augmenter l'amplitude des ailes! argumente Sandrine.

Simon s'évertue à refaire un avion alors que nous le submergeons de conseils en parlant les uns par-dessus les autres. Une fois l'engin de papier terminé, il le propulse en lui donnant un fort élan de tout son bras. L'avion prend son envol, mais pique vite du nez et s'écrase aux pieds de notre président, Marc Levasseur, qui vient malencontreusement d'entrer dans notre local. Les mains sur les hanches, il nous regarde avec incrédulité. Personne n'ose bouger ou dire quoi que ce soit, même pas Benjamin.

— La GEC! C'est une véritable honte! vocifère notre président. Vous vous rendez compte si j'avais été accompagné de clients? C'est quoi, le message qu'ils auraient eu? Que les ingénieurs d'Eos Aéronautique ne sont même pas fichus de fabriquer un avion en papier capable de voler sur plus d'un mètre?

Nous échappons un rire soulagé et Marc se penche pour ramasser l'avion.

— Je vais vous montrer, moi, comment faire! continue notre grand patron en examinant la feuille pliée. Bon, je vais avoir besoin de plus de matériel!

***

Je suis dans ma voiture en route vers la clinique de gynécologie. L'avant-midi au bureau s'est terminé sur la piste de l'entreprise. Les départements de la

Production et des Plans et devis ont appris que nous fabriquions des avions de papier avec notre président et sont venus nous rejoindre. Le tout s'est transformé en compétition sur le tarmac. Finalement, les appareils fabriqués ressemblaient davantage à des modèles réduits faits de plastique et de carton qu'à de simples avions de papier. C'est le département de la Production qui a réussi à faire la plus longue distance en vol. Nous avons félicité les membres de l'équipe gagnante en leur promettant de leur payer un verre. Mauvais perdant, Luc leur adressa cette dernière phrase : « Oui, c'est ça, félicitations. Maintenant, essayez de faire voler votre truc avec un bidet dessus, pour voir ! »

***

Je balaie les miettes de rôtie qui sont tombées sur le plancher de ma cuisine. J'ai pris la mauvaise habitude de déjeuner debout appuyée au comptoir, comme si c'était vraiment plus long de prendre une assiette et de m'installer à la table. Le carillon sonne. Comme c'est étrange, qui peut bien venir à 7 heures du matin un jour de semaine ? C'est peut-être Jonathan qui a oublié quelque chose. Pourquoi n'utilise-t-il pas sa clé ? J'ouvre. Je suis étonnée de voir apparaître Sara.

— Sara ? Qu'est-ce que tu fais ici ? Tu ne vas pas travailler ?

— Je me suis arrêtée en chemin. Je te dérange ?

— Non, je viens de finir de déjeuner, réponds-je en la laissant entrer. Qu'est-ce qui se passe, Sara ? Tu m'inquiètes.

— Il faut que je fasse un test de grossesse ! lance-t-elle vraiment énervée en me laissant voir dans son sac à main plusieurs boîtes de test. J'ai vraiment peur d'être enceinte !

— D'accord, ma chérie, mais pourquoi ici ?

— Je ne voulais pas le faire seule et je n'ai pas envie d'en parler à Vincent tout de suite. J'ai beaucoup de difficulté à gérer la situation en ce moment et j'ai peur de sa réaction.

— Comment penses-tu qu'il va réagir ?

— Je ne sais pas ! On n'est pas rendus là. On habite ensemble seulement depuis quelques mois. J'ai peur qu'il veuille le garder, j'ai peur qu'il ne veuille pas le garder. Je capote ! Et tu sais, je ne suis pas encore associée. Les bureaux d'avocats et les bébés, ce n'est pas un bon mélange ! Est-ce que je t'ai dit que JE CAPOTE ?

— Je vois bien ça… Ne te préoccupe pas de Vincent ou du bureau pour l'instant. Tu vas faire le test et tu verras. Pas besoin de paniquer tout de suite, tu m'as dit toi-même que tu n'étais pas régulière.

— Mais je me sens bizarre, Élise, vraiment bizarre.

— Tu as mal aux seins ? Tu as des nausées ?

— Non, mais je sens vraiment bien.

— Hein ?

— Oui, je sens vraiment bien ! J'ai un nez bionique ! Tu as mangé une rôtie au beurre d'arachide et aux bananes, ce matin ! Est-ce que je me trompe ?

— Tu as raison, réponds-je en ne pouvant toutefois m'empêcher de rire. Allez, va faire ton test, mon amie bionique.

Avant de passer à la salle de bain, Sara me demande si de mon côté j'ai eu mes règles. Je lui dis que non. Je lui explique ensuite que j'ai vu ma gynécologue au début de la semaine et qu'elle m'a confirmé que je n'étais pas enceinte. Sara se calme un peu en se convainquant que ce sera la même chose pour elle. Elle entre dans la salle de bain pour en ressortir rapidement avec un bâtonnet dans les mains.

— Prends-le, toi, et tu me diras ce que tu vois… Il faut attendre trois minutes.

J'accepte la demande de mon amie, qui va s'écrouler sur mon sofa. Je vois presque immédiatement deux lignes roses apparaître à travers la petite fenêtre de plastique. Sara est enceinte. Je contemple tendrement mon amie blottie entre deux coussins. Elle remarque mon regard affectueux et lève des yeux suppliants vers moi.

— Ma chérie, tu es enceinte.

— Comment est-ce possible ? Quelle catastrophe ! lance-t-elle en se cachant la tête derrière un coussin.

— Ça va, Sara ? lui demandé-je après un moment.

— Avoir su, me répond-elle, je n'aurais pas bu autant de vin au mariage ! Je te le dis, s'il est arrivé quoi que ce soit à mon bébé, je poursuis la maudite compagnie pharmaceutique qui produit ma pilule anticonceptionnelle !

Le commentaire de mon amie me fait sourire. Sans même s'en rendre compte, Sara a fait son choix. Elle va être maman.

— Mon Dieu ! Est-ce que j'ai dit « mon bébé » ? Mais qu'est-ce qui m'arrive ? Comment je vais faire ? Je n'ai jamais changé une couche de ma vie !

— Tout va bien se passer, Sara. Tu vas être une maman formidable.

— Il faut absolument que j'aille m'acheter des livres là-dessus !

Je finis de me coiffer. Sara vient de me quitter, encore plus désemparée que lorsqu'elle est arrivée. Je vais être en retard au travail, mais c'est le dernier de mes soucis. Je suis bouleversée par le passage inopiné de mon amie. Elle n'est pas restée très longtemps après avoir eu le résultat du test. Je lui ai offert de prendre la journée pour rester avec elle, ce qu'elle a refusé. Elle voulait, avec raison, aller retrouver Vincent.

***

— Tu annules notre resto de samedi ? Mais on ne s'est même pas vus le week-end dernier ! En plus, tu pars à Toronto dans une semaine ! dis-je à Jonathan en lui parlant grâce au système mains libres de la voiture tout en conduisant.

— Je sais, je suis désolé. Je peux rester à Montréal si tu y tiens vraiment, me répond-il avec une petite voix piteuse.

— Mais non, va t'amuser avec ton frère sur son nouveau bateau.

— Tu es en route vers ton condo?

— On est jeudi, je vais rendre visite à mon père. Tu peux venir avec moi si tu veux, ça lui ferait vraiment plaisir de faire ta connaissance.

— J'aimerais ça, mais j'ai beaucoup de travail… Une autre fois?

— C'est ça, une autre fois…

— Tu es fâchée? s'enquiert-il encore une fois avec sa voix piteuse.

— Non, non. Je comprends.

— Super! Je t'appelle demain!

— À demain, alors.

La musique s'élève à nouveau dans ma voiture à la fin de l'appel téléphonique. Je ne suis pas fâchée, je suis encore une fois déçue. Je ressens un pincement au cœur. Les paroles de Simon reviennent me hanter. Jonathan et moi sommes ensemble depuis presque un an et il n'a toujours pas rencontré mon père. Moi, je n'ai vu sa famille qu'une seule fois, à son anniversaire. Il ne m'inclut jamais dans ses activités familiales. Il aurait pu m'inviter à aller avec lui chez son frère. Mais il ne l'a pas fait, comme d'habitude. Je ne comprends pas. Même si nous travaillons tous les deux à Eos Aéronautique, nous ne nous voyons que très peu. Il est même rare que nous dînions ensemble. D'un autre côté, je m'en fais peut-être pour rien. Après tout, il déménage bientôt chez moi. C'est certain que ça va faciliter les choses, puisque nous habitons loin l'un de l'autre. Mon condo est situé dans le quartier NDG alors qu'il demeure à Mont-Saint-Hilaire, sur la Rive-Sud. Je pense que j'ai tendance à voir tout en noir, probablement parce que j'ai été échaudée à plusieurs reprises dans mes relations.

Je traverse les grandes portes tournantes du centre de soins de longue durée où demeure mon père depuis bientôt onze ans. Ma mère est décédée lorsque j'avais dix-huit mois d'une embolie pulmonaire. Du jour au lendemain, mon père s'est retrouvé seul avec une enfant encore aux couches. Pensant à moi en premier, il ne s'est pas effondré et a complètement réorganisé sa vie. Il m'y a mise au centre, reléguant sa carrière et ses loisirs au second plan. Il ne s'est jamais remarié, ce qui est resté pour moi un mystère. Une chose est certaine, il a toujours été un papa extraordinaire. Malheureusement, le malheur a frappé de nouveau. Mon père a été victime d'un terrible accident dans le garage pour lequel il travaillait comme mécanicien. À l'hôpital, après sept longs mois de convalescence, dont un coma provoqué de plusieurs semaines, mon père a appris qu'il ne pourrait plus jamais marcher et qu'il nécessiterait des soins pour le reste de ses jours. J'avais dix-neuf ans. J'ai alors pris la décision de quitter l'université afin de pouvoir travailler et m'occuper de lui. J'étais habitée par un fort sentiment que c'était à moi de réorganiser ma vie autour de lui. Lorsque je lui ai fait part de mes intentions, il m'a regardée sans rien dire. Dès le lendemain, sans me demander mon avis, il s'est «placé» lui-même dans un centre de soins de longue durée. J'étais absolument furieuse. Je considérais que mon père était beaucoup trop jeune – cinquante-quatre ans – pour vivre dans un établissement pour «personnes âgées». Il m'a répondu catégoriquement et autoritairement: «Je suis peut-être invalide, mais c'est encore moi le père!» Depuis, il a conservé cette phrase qu'il me relance chaque fois que nous sommes en désaccord.

Mon père a choisi un centre situé à quelques pas d'où est enterrée ma mère. Il m'a expliqué en plaisantant que, lorsque ce sera le temps, ma mère pourra venir le chercher. Ce sera facile pour elle, qui n'aimait pas marcher de longues distances car elle adorait porter des souliers à talons très hauts. Il aime me taquiner en me disant que j'ai hérité du même trait de personnalité : l'apparence avant le confort. Malgré toutes mes appréhensions, mon père s'est bien adapté à son nouveau domicile. Il s'y est fait de nombreux amis, tant parmi les pensionnaires que dans le personnel. Il connaît les moindres détails de la vie de chacun. Il y a quelques années, la direction a voulu le transférer dans un autre établissement pour des motifs administratifs obscurs que seuls des fonctionnaires du gouvernement peuvent comprendre. Mon père en a été complètement dévasté. Il habitait ce centre depuis plus de huit ans et s'y sentait maintenant chez lui. C'était pour lui tout à fait inimaginable de perdre encore une fois tous ses repères et liens affectifs. Je me suis battue corps et âme pour renverser leur décision. Lorsque j'ai été à court de moyens, Sara est venue à ma rescousse avec toute sa combativité d'avocate. Elle a inondé la direction du centre de lettres et de procédures judiciaires, la menaçant de tous les recours possibles et imaginables. Marie s'est également mise de la partie en utilisant sa popularité auprès du public pour porter le débat sur les réseaux sociaux, qui se sont enflammés. Grâce à mes merveilleuses amies, la direction a finalement laissé tomber son projet de transfert.

J'arrive devant la porte 606 derrière laquelle se trouve le petit appartement de mon papa. Avant même que j'aie le temps de mettre la main sur la poignée, on ouvre.

— Élise ! Je viens de recevoir la troisième saison de *Fringe*, m'annonce mon père, trop excité dans son fauteuil roulant.

Mon père est un fan fini des émissions et des films de science-fiction. Notre principale activité commune est de regarder ensemble ce genre de séries en mangeant du poulet de St-Hubert. Je connais par cœur tous les épisodes de *Star Trek* et de *X-Files*. L'engouement de mon papa me convient tout à fait, puisque moi aussi j'adore ça. Il me donne une excuse parfaite pour cacher mon côté « tronche » et très peu glamour.

— Super ! Installons-nous ! réponds-je avec enthousiasme.

***

Je termine un appel avec un membre du département de Sécurité en vol, assise à ma table de travail. Aussitôt que je dépose le combiné du téléphone de bureau, mon cellulaire sonne. Je mets un temps fou à le trouver dans mon sac à main trop grand. Je réponds enfin. C'est le bureau de ma gynécologue. Elle a reçu mes résultats d'examens et veut que je passe la rencontrer cet après-midi pour en discuter. « Rien d'inquiétant », me rassure-t-on. Je raccroche. L'angoisse m'envahit instantanément. « Rien d'inquiétant », bien certainement ! Parce que, quand ça l'est, ils disent : « Oui, c'est très grave, vous pouvez paniquer ! » Qu'est-ce que je peux bien avoir ? Une ITS ! Jonathan me trompe ? Je vais le tuer ! Quoique ce n'est pas son genre, surtout de ne pas se protéger. C'est tellement un petit garçon propre… Il y a quelques mois, je me suis écorché une main sur une vis desserrée du mur d'escalade de mon gym. Peut-être que je n'étais pas la première à me blesser au même endroit et que j'ai attrapé quelque chose… Mon Dieu ! J'ai le sida ! Les probabilités de ce scénario sont minimes, voire inexistantes… Alors c'est le cancer du col, quelle horreur !

— Est-ce que ça va, Élise ? me demande Simon, qui me dévisage alors que je me fais mentalement des scénarios catastrophes. Tu as l'air bizarre.

— C'était ma clinique de gynécologie. Ils ont reçu mes résultats d'examens et veulent me rencontrer pour en parler, lui chuchoté-je.

— Jonathan te trompe! Je vais lui casser la gueule!

— Calme-toi, Simon. On ne peut présumer de rien. Et parle moins fort...

— Qu'est-ce qui se passe? nous demande Benjamin en levant les yeux de son ordinateur. Qui trompe qui?

— Personne. Ce n'est rien, réponds-je, irritée par l'indiscrétion.

— Quoi! Jonathan te trompe? s'inquiète Sandrine.

— Non, non, non...

— Je vous l'avais dit qu'il ne fallait jamais faire confiance aux gens du département du Marketing! s'enflamme Pascal. Mon amie Julie, de la Production, est sortie avec François, du Market...

Je ne lui laisse pas le temps de terminer sa phrase:

— Je la connais, cette histoire d'horreur, Pascal. Tu nous l'as racontée au moins mille fois! Et ce n'est pas ça du tout. Jonathan ne me trompe pas, on peut passer à un autre sujet.

— Ben là, qu'est-ce qui explique ton air cadavérique? s'enquiert Luc.

— Mais rien, je vous dis! Tout va très bien!

— Laissez-la tranquille, ordonne Sandrine en se portant maladroitement à ma défense. Elle a le droit de ne pas vouloir en parler, ce n'est pas facile d'apprendre qu'on se fait tromper...

— C'est certain. Mon amie Julie en a eu pour des mois...

— Une fois pour toutes, Jonathan ne me trompe pas! C'est juste ma gynécologue qui veut me revoir. Ne vous en faites pas, on m'a dit qu'il n'y avait rien d'inquiétant...

Une fois de plus, ma vie privée est exposée au grand jour. Je sentais que je n'avais pas le choix de leur donner quelque chose à se mettre sous la dent pour faire cesser les accusations d'adultère à l'encontre de

Jonathan. Au moins, à la GEC, nous adhérons au principe « sacré » suivant : « Ce qui est dit à la GEC reste à la GEC. »

— « Rien d'inquiétant » ! Seigneur ! C'est sûr que c'est grave ! C'est leur code ! s'alarme Pascal.

— Pascal, tu n'aides vraiment pas Élise avec tes maudites théories de conspiration ! le sermonne Benjamin.

— Je vous ai dit de ne pas vous en faire. Ce n'est probablement rien. J'ai passé des tests de routine lundi et mon médecin veut me rencontrer aujourd'hui pour en parler. C'est tout.

— On est vendredi. Tu as eu deux rendez-vous dans la même semaine avec notre système de santé public actuel ? C'est encore plus grave que ce que je croyais ! s'affole Pascal.

— Je n'avais pas pensé à ça. Merci, Pascal ! ironisé-je.

Je patiente nerveusement dans la salle d'attente de la clinique. Je ne tiens pas en place sur ma chaise et change de position toutes les deux secondes. Est-ce qu'on peut appeler mon nom ? Le suspense va me tuer ! L'angoisse est insupportable et me déchire le corps. Si je n'ai rien, il faut que je me souvienne de donner une raclée à Pascal. Ses remarques alarmistes m'ont projetée dans un état de stress intense.

— Élise Dubé, porte C, crache enfin le haut-parleur.

Je me lève raide comme une barre et me dirige vers la pièce indiquée.

***

J'attends Sara assise dans l'escalier menant à son condo. C'est à mon tour de débarquer en panique chez elle. Je l'ai jointe au téléphone il y a quelques minutes pour lui dire que j'étais devant sa maison. Évidemment, elle se trouvait encore au bureau, il n'était que 17 h 05. Dans mon énervement, j'ai perdu pour un moment les notions de temps et de lieu. En sortant de la clinique, je me suis dirigée vers le Plateau Mont-Royal, où habitent Sara et Marie. Je me suis dit que j'irais chez la première qui répondrait au téléphone. Ce n'était peut-être pas le meilleur plan. Marie m'a informée par message texte qu'elle était en répétition de théâtre. J'ai été plus chanceuse avec Sara, qui m'a dit qu'elle arrivait tout de suite.

Après une vingtaine de minutes, je vois Sara descendre d'un taxi et courir vers moi.

— Élise! Qu'est-ce qui se passe? Tu n'es pas enceinte, toujours?

— Non… Au contraire…

— Au contraire?

— Je t'explique à l'intérieur.

Je commence à être soûle. Je suis chez Sara depuis plusieurs heures. Marie est venue nous rejoindre pour le souper et a apporté, comme à son habitude, deux bouteilles de vin.

Puisque Sara est enceinte, je bois pour nous deux. J'ai raconté aux filles ce que m'a dévoilé ma gynécologue sur mon état de santé. Elle voulait me revoir en raison des taux d'hormones anormaux obtenus après l'analyse de mes tests sanguins. Elle m'a alors fait passer une très «agréable» échographie pelvienne. Ensuite, elle m'a expliqué que j'étais en état de ménopause précoce. Compatissante, elle m'a dit que j'étais très malchanceuse, puisque cette condition ne touche que 0,1 % des femmes n'ayant pas encore trente ans. Elle m'a ensuite prescrit un traitement hormonal. Il serait impératif pour moi de le commencer le plus tôt possible afin d'éviter des symptômes néfastes comme la perte osseuse. Tout à fait charmant. Pour ce qui est des bébés, elle m'a dit que ce serait probablement difficile de devenir enceinte et que, si j'en voulais, je devrais me dépêcher et ne pas attendre plus d'un an. Je suis complètement atterrée par la nouvelle. Je ne pense qu'à ces publicités télévisées où l'on voit des femmes en petite tenue sortir en plein hiver à cause des bouffées de chaleur. Serais-je déjà rendue là?

— Mais qu'est-ce que je vais faire, les filles? Je me sens soudain tellement vieille, pourtant j'ai juste vingt-neuf ans!

— Ma chérie, est-ce que tu veux des enfants? me demande Marie.

— Oui, j'imagine. Je ne m'étais pas encore posé la question sérieusement...

— Tu pourrais faire le grand saut et essayer d'avoir un bébé avec Jonathan. Ce serait chouette, on pourrait être enceintes en même temps! propose Sara avec un peu trop d'enthousiasme – elle aimerait avoir une amie qui vit les mêmes choses qu'elle.

— Je ne suis pas certaine que Jonathan va réagir comme Vincent. Tu m'as dit qu'il était super content d'apprendre qu'il serait papa. Nous, on n'habite même pas encore ensemble.

— Dans la vie, Élise, on ne peut pas tout planifier..., dit Marie.

— Ça, c'est vrai! coupe Sara.

— Réfléchis bien à ce que tu veux et parles-en avec ton amoureux, propose Marie.

— Je vais avoir un peu de temps pour réfléchir. Jonathan est à Toronto tout le week-end pour le travail. Je ne peux pas croire que j'ai un ultimatum pour avoir des enfants... Tu parles d'une pression malsaine!

— Tu pourras toujours en adopter..., suggère Sara.

— Je ne sais pas. Moi aussi j'aimerais vivre l'expérience d'avoir un bébé dans mon ventre et de donner la vie. Mais juste pas maintenant!

— On s'ajuste à tout, Élise. Crois-moi! mentionne Sara en connaissance de cause.

— Et je lui dis ça comment? «Chéri, je suis en ménopause précoce, viens ici qu'on fasse un bébé»? Très sexy. Je ne lui en voudrais même pas s'il partait en courant!

— Discute simplement de la situation avec lui et vous trouverez bien des solutions à deux, propose sagement Marie.

***

J'entre dans le local de la GEC, dépose mon sac à main sous mon bureau et m'assois. Je suis la dernière à arriver, en ce lundi matin, et je sens le regard lourd de mes coéquipiers sur moi. Benjamin se lève pour commencer la réunion.

— J'espère que vous avez passé un bon week-end. Est-ce que quelqu'un a des nouvelles ou quelque chose qu'il ou elle aimerait partager avec nous ?

Cette question m'est clairement destinée, mais je n'y prête guère attention et allume mon ordinateur. Puisque personne ne répond, il continue.

— D'accord, j'espère que vous vous sentez tous en forme… La santé, c'est primordial ! Est-ce que certains d'entre vous aimeraient en discuter davantage ?

Mon Dieu ! Benjamin fait vraiment dans la subtilité, me dis-je en sortant mes crayons.

— Très bien… Si quelqu'un désire discuter avec son équipe d'inquiétudes ou de soucis, c'est le bon moment…, persiste-t-il en laissant un temps mort. D'accord. Alors passons aux oups !

— *Come on,* Élise ! Qu'est-ce qu'elle t'a dit, ta gynécologue ? J'angoisse, là ! lâche Luc comme s'il n'en pouvait vraiment plus.

— Écoutez, ça fait partie de la vie privée d'Élise et elle n'a pas à nous en parler… à moins qu'elle le veuille ? interroge Benjamin en me regardant avec insistance.

— D'accord, vous avez gagné ! Elle voulait simplement me revoir parce que les taux d'hormones dans mon sang étaient légèrement anormaux. Mais tout est correct, il n'y a rien de grave. Une de ses patientes a annulé son rendez-vous de vendredi, c'est pour ça qu'elle pouvait me recevoir aussi rapidement. Je me suis inquiétée pour rien.

Je parle au groupe avec le plus de naturel possible. J'ai la ferme intention de garder pour moi et mes amis intimes mes problèmes de ménopause précoce.

— Tant mieux alors, répond Luc. C'est toujours énervant quand le médecin nous demande d'aller le voir après des tests.

— J'ai une cousine qui avait des taux d'hormones anormaux. Finalement, c'était une ménopause précoce, mentionne Sandrine. Mais ne t'en fais pas, elle avait presque quarante ans.

Je souris timidement et rougis. Misère! Je vais me trahir. Par chance, Pascal détourne l'attention.

— Arkk! C'est quoi l'affaire, avec les termes touchant les conditions féminines? Ménopause précoce, menstruations…

— Non mais sérieusement, Pascal, tu as quel âge? lui demande Benjamin avec exaspération.

Alors que les autres se scandalisent des propos de Pascal, j'en profite pour demander discrètement à Simon s'il veut venir souper chez moi après le travail. Il me répond immédiatement oui. Il a compris que je n'ai pas tout dit à mes collègues.

***

Je sers des pâtes à Simon, qui, assis à ma table de cuisine, boit une gorgée de vin rouge.

— Donc, c'est ça. Je suis précocement ménopausée… Heureusement que je ne l'ai pas dit à Pascal, il serait tombé dans les pommes!

— Il n'est pas possible, lui… Est-ce que je dois te dire «bienvenue au club»?

— Non, selon ma gynécologue, il me reste encore du temps avant d'être complètement infertile et les traitements peuvent aider.

Mon ami Simon ne peut pas avoir d'enfants. Il l'a appris lorsqu'il était encore à l'université. À l'époque, il avait gentiment fait un don de sperme à un de ses amis inscrits en biologie qui faisait son mémoire de maîtrise sur des techniques de dépistage d'ITS.

— Bon, il y a au moins ça !

— Je ne suis pas certaine que ce soit une bonne chose. Je me sens obligée de prendre des décisions importantes trop rapidement. Ça me stresse. J'ai l'impression que c'est ma dernière chance d'avoir un enfant, et Jonathan et moi ne sommes pas du tout rendus là.

— Je comprends. Moi, je sais que je ne veux pas d'enfant. Je n'en ai jamais voulu. Mais si c'est important pour toi, il faut que tu te poses de sérieuses questions. Tu sais, on n'a qu'une vie !

— Oh là là ! Peux-tu me passer la bouteille de vin ? J'ai besoin d'un *refill*.

∗∗∗

J'avale deux comprimés de ma nouvelle ordonnance d'hormones avec de l'eau. Simon est parti depuis un moment et je vais bientôt me coucher. Je regarde le petit pot de plastique transparent contenant les pilules de couleurs vives. S'il vous plaît, agissez et guérissez-moi ! leur demandé-je telle une prière. J'ai lu sur Internet que la reprise du cycle ovulatoire normal était possible dans certains cas. Évidemment, c'est rare. Je m'accroche tout de même à cette possibilité. J'aimerais revenir en arrière et me sentir de mon âge à nouveau. J'ai l'impression qu'on m'a volé du temps.

Je viens de terminer de regarder le quatrième épisode de la troisième saison de *Fringe* avec mon père. J'ai décidé de ne pas lui parler de mon état de santé. Je ne veux pas l'inquiéter. Il se montre beaucoup trop sensible face à tout problème pouvant m'affecter.

— Papa, dis-moi, qu'est-ce que tu penses des enfants ? Je veux dire, est-ce que tu crois que c'est absolument nécessaire de faire des bébés ? On peut avoir une vie remplie sans en avoir, non ?

— C'est à moi que tu poses la question ? Veux-tu bien me dire quelle serait ma vie si je ne t'avais pas eue ? Tu es ma fierté et la seule chose qui compte vraiment pour moi.

— Papa ! Tu exagères tout le temps ! Peut-être que si je n'avais pas été là, ça aurait été plus facile pour toi. Tu aurais été libre, tu aurais pu voyager davantage, rencontrer des gens…

— C'est certain. J'aurais probablement plus d'argent aussi. Mais qu'est-ce que ça m'aurait donné ? Regarde-moi maintenant. Si je ne t'avais pas eue, je serais seul au monde. En plus, je n'échangerais contre rien tous les merveilleux souvenirs de toi quand tu étais enfant. Voir grandir une petite personne qui te ressemble, c'est formidable ! Ce sont les plus belles années de ma vie !

Je pleure en marchant vers la sortie du centre de soins de longue durée. J'ai retenu mes larmes toute la soirée. La conversation avec mon père sur les enfants m'a remuée. Est-ce que je vais pouvoir vivre ça, moi aussi ? Je n'ai pas envie de finir seule au monde…

***

— Je ne t'ai pas dit que j'ai rendu visite à mon ami Frank lorsque j'étais à Toronto ? me demande Jonathan.

Comme nous le faisons souvent le matin, à défaut de pouvoir voyager ensemble, nous discutons à l'aide du système mains libres de nos voitures respectives.

— Il a des jumeaux d'environ deux ans, continue-t-il. Tu aurais dû les voir, ils étaient tellement *cutes* ! Débordants d'énergie et super allumés. Je me suis même dit que j'aimerais en avoir deux comme ça !

— Quoi ? m'étonné-je en riant. C'est quand même beaucoup de travail, des jumeaux…

— Oui, mais au moins c'est fait d'un coup ! Tu sais, on vieillit… À notre âge, c'est peut-être mieux comme ça !

— C'est drôle, je ne pensais pas que c'était une préoccupation pour toi.

— Certainement, j'ai trente-cinq ans ! Je n'ai pas envie d'être un vieux monsieur et d'avoir des bébés encore aux couches !

Les propos inattendus de Jonathan me vont droit au cœur. Pour la première fois depuis que je connais ma « condition », j'envisage réellement la possibilité d'avoir un bébé. Et pourquoi pas maintenant ? Dans le fond, je me suis toujours imaginé qu'un jour je serais à mon tour une maman. Comme dit Marie, dans la vie, on ne peut pas tout planifier. Je ne vais pas prendre le risque de perdre les chances qu'il me reste de devenir enceinte. Mon cerveau s'emballe et je ne peux l'empêcher d'être animé par des scénarios me dépeignant au centre d'une famille heureuse. Je dois absolument en parler avec Jonathan. J'aimerais le faire dans un bel endroit devant un bon repas.

— Que dirais-tu si on allait souper au restaurant demain ?

***

J'entends mes rires nerveux et trop aigus résonner jusqu'au fond du restaurant. Je regarde Jonathan assis devant moi. Il ne sait pas comment interpréter ma réaction. Il ouvre la bouche comme s'il voulait dire quelque chose. Il se ravise et se contente de me fixer. J'imagine que je dois sembler un peu folle. Je ne peux m'empêcher de rire depuis l'annonce qu'il m'a faite. De toute évidence, il ne comprend pas ce que je trouve si drôle. C'est l'ironie de la situation qui me rend totalement hilare. Rire pour ne pas pleurer.

Je n'aurais jamais pensé qu'un jour je le trouverais aussi insignifiant. Il sourit à son tour, timidement. Il semble être complètement déstabilisé par mon attitude. Il faut dire qu'il lui manque certaines informations pour comprendre l'ampleur de ma réaction. Je n'ai pas eu le temps de lui parler de mon rendez-vous chez ma gynécologue. Inutile de le faire maintenant. Je vais garder ça pour moi.

— Tu es vraiment sérieux ? Tu veux partir six mois au Kenya pour construire des écoles et six autres mois pour voyager ? lui demandé-je, ne riant plus du tout.

Il me fait signe que oui en hochant la tête. Je devais confirmer avec lui ses propos. Lorsqu'il m'a exposé le plus naturellement du monde ses grands projets, j'avais de la difficulté à le croire. Je me rends maintenant à l'évidence, ses choix sont faits.

— Donc, dans le fond, ce que tu me dis… c'est que tu me laisses ?

— Ce n'est pas du tout ça.

— Comment, ce n'est pas du tout ça ? Tu prends une année sabbatique ! Tu vas d'abord construire des écoles en Afrique et, après, tu veux en profiter pour voyager en Asie ! J'entre où, dans tes plans, au juste ? Tu ne m'as pas invitée, à ce que je sache.

— C'est quelque chose que je veux vivre seul.

— Tu n'as pas besoin d'aller à l'autre bout du monde si tu ne veux plus déménager avec moi !

— Mais non ! Tu ne comprends rien. J'ai besoin de me sentir utile, d'aider les autres…

— Aider les autres ? À construire des écoles ? Tu n'as aucune formation dans ce domaine et tu n'es pas le gars le plus manuel…

— Ce n'est pas nécessaire, ils n'ont besoin que de gens motivés à aider, à changer les choses et à rendre le monde meilleur.

— Rendre le monde meilleur… Tu gagnes un très bon salaire. Si tu donnais seulement 25 % de ce que tu fais par année à ton organisme, il pourrait payer trois ouvriers locaux qui cherchent désespérément du travail pour nourrir leur famille et qui la construiraient, ton école.

— C'est toujours comme ça avec toi. Beaucoup trop rationnelle. Tu tues la magie…

— Pour toi, la misère des Africains, c'est magique?

— Non, mais l'entraide humanitaire, oui.

— Bien sûr… Tu sais qu'il y a des insectes là-bas? L'été passé, tu voulais revenir de notre voyage de canot-camping parce que tu trouvais qu'il y avait trop de mouches noires.

— C'est exactement ça! Tu comprends maintenant pourquoi je veux vivre cette expérience seul? Tu m'entreprends trop. Quand je suis avec toi, je me sens moins homme.

— Pardon? Tu sais que j'ai été élevée par un père monoparental. Est-ce que c'est ma faute si j'ai plus d'expérience que toi en camping?

— Non, mais tu ne peux pas t'empêcher de me faire la leçon.

— Pour revenir à nous deux, murmuré-je, blessée par ses reproches, tu ne déménages plus chez moi et tu pars pour une année. Donc, tu me quittes.

— Si tu veux qu'on se laisse, c'est ta décision, pas la mienne.

— Je rêve! C'est le comble de la lâcheté! Peux-tu au moins être honnête? Si tu m'aimais vraiment, tu ne partirais pas pendant un an sous des prétextes pseudo-vertueux. Tu ne prendrais pas le risque de me perdre. Et tu m'en aurais parlé avant! Là, j'apprends que tu pars la semaine prochaine! Dans le fond, ton *trip* à l'étranger, c'est ta porte de sortie de tes engagements envers moi.

— Peut-être que tu as raison. Je trouve ça un peu vite qu'on déménage ensemble…

— Tu me niaises? C'est toi qui me l'as proposé!

— Je sais, mais je n'y avais pas assez réfléchi et, une fois que c'est dit, c'est difficile de revenir en arrière… Tu avais l'air tellement contente.

Je l'observe, assis de l'autre côté de la table, sur la grande banquette. Je le trouve soudain tout petit, minuscule. Un enfant dans des vêtements d'adulte. Même sa voix me paraît aiguë.

— C'est pour ça que tu étais quasiment absent, ces dernières semaines ? Tu m'évitais ? Ça fait combien de temps que tu planifies ton voyage ?

— Je ne sais pas trop, l'idée m'est venue progressivement, explique-t-il mollement.

— Mais tu as quand même eu le temps de tout organiser et d'en parler avec ton patron. Je comprends maintenant pourquoi tu insistais pour louer ton condo au lieu de le vendre ! « Le marché de l'immobilier n'est vraiment pas bon », mon cul ! Pendant ce temps-là, moi je pensais qu'on avait des projets ensemble. Tu m'as laissé vider deux placards et la moitié de mon bureau double pour te faire de la place ! J'ai même donné des souliers que j'aimais ! finis-je en m'emportant.

— Mais tu en as tellement, ça va juste faire du bien…

Je lui envoie un regard meurtrier et il prend un ton piteux.

— Je suis désolé, Élise. C'est peut-être parce que je ne suis pas encore prêt…

— C'est quoi, alors, ton histoire de jumeaux ? Tu m'as dit que tu ne voulais pas attendre d'être trop vieux avant d'avoir des enfants !

— Oui, mais je veux être certain…, répond-il sans terminer sa phrase.

— Certain d'être avec la bonne personne ? continué-je à sa place.

Ç'en est assez pour moi. Je ne supporte plus d'être en sa présence. L'étonnement et la colère que j'ai d'abord ressentis ont disparu et je ne sens plus que de la tristesse. Et je n'ai pas envie de fondre en larmes au restaurant. Je ne veux pas me donner en spectacle. Je sors des billets de mon portefeuille que je laisse sur la table. Je me lève.

— Bonne chance, Jonathan, avec tes projets. Pas besoin de m'appeler avant que tu partes, lui dis-je avant de sortir.

J'éclate en sanglots alors que je déverrouille la porte de mon condo. Je jette mon sac à main sur le sofa et me dirige vers ma chambre. J'enlève mes chaussures et me laisse tomber dans mon lit. Je suis atterrée. J'ai l'impression d'être une femme inadéquate et désagréable en couple. C'est si terrible d'être en relation avec moi que je fais fuir Jonathan jusque sur un autre continent. J'ai bien peur de finir seule au monde...

J'attache les lacets de mes souliers de course. Je me suis convaincue de sortir pour aller courir. Après mon souper d'hier avec Jonathan, je suis restée terrée dans ma chambre. Ça va faire maintenant presque vingt-quatre heures... Prendre l'air me fera du bien. En plus, le dimanche soir, les rues de mon quartier sont désertes.

Je cours sans énergie depuis une trentaine de minutes. Je suis déjà exténuée, alors que j'ai l'habitude des marathons. Je décide de rentrer chez moi. Je dépasse une voiture qui se gare. C'est mon chef d'équipe, Benjamin. Misère! Je n'ai vraiment pas envie de lui parler. Benjamin habite la même rue que moi, à environ quatre pâtés de maisons de mon condo. J'accélère comme une folle sans me retourner. Je ne crois pas qu'il m'ait vue. Je conserve la même cadence jusqu'à la maison comme si je fuyais le diable. En fait, c'est le souvenir de ma rupture que je tente de fuir. Peine perdue, je suis incapable de penser à autre chose. J'entre en trombe dans la maison et me précipite dans la salle de bain pour vomir. Je me laisse choir sur le plancher de céramique froid. Effort physique et peine d'amour font un mauvais mélange; j'ai très mal au cœur.

Il est 23 h 16. J'ouvre la porte de mon réfrigérateur et attrape une pointe de pizza que je mange sans la faire réchauffer, assise seule à table. Je n'ai pas beaucoup d'appétit, mais au moins je n'ai plus la nausée. Je m'en veux tellement d'avoir permis à mon imagination d'aller jusqu'à m'inventer une vie avec Jonathan et notre futur bébé. Je tombe de beaucoup plus haut et l'atterrissage est cruellement douloureux. Pour la première fois de ma vie, j'ai peur de l'avenir. En quelques jours, j'apprends que je n'aurai peut-être jamais d'enfants et je me fais larguer. Impossible de ne pas m'imaginer vieille et abandonnée. Je ne pourrai même pas tenter ma chance d'avoir un enfant… Je me sens trahie par son manque d'honnêteté. Qu'est-ce que je peux être stupide! Pendant que j'entretenais de beaux grands rêves à deux, il planifiait son départ. Il aurait au moins pu me dire qu'il n'avait plus l'intention de vivre avec moi. Il a attendu à la toute dernière minute pour m'en faire part. Je me demande si son intention était de ne pas m'en parler du tout. Si je ne l'avais pas invité au restaurant, serait-il parti sans m'avertir? Me l'aurait-il annoncé en m'envoyant une carte postale d'Afrique? J'aurais pu lire à l'endos d'une photographie de girafe: «Je ne te laisse pas, mais on se revoit dans un an. Bisous.» Et moi qui pensais que j'avais changé mon *casting*! Absolument pas! Je suis dévastée.

3
Il n'avait que vingt et un ans

Niveau d'énergie : 3/10
Niveau de stress : 1/10
Efficacité physique et mentale : 5/10
Sentiment général de compétence : 6/10

— *I*l n'est pas un peu vieux pour participer à ce genre de groupe bénévole ? s'enquiert Sandrine. Je me rappelle que j'avais des amis qui avaient fait la même chose lorsqu'on était au cégep.

— C'est organisé pour des personnes de dix-huit à trente-cinq ans… Jonathan a trente-cinq ans, dis-je, découragée.

Je viens d'annoncer à mes coéquipiers ma triste situation. Comme cela arrive souvent, la rencontre matinale s'est transformée en groupe de soutien.

— Qu'est-ce qui se passe ? demande Pascal, qui entre dans le local.

— Élise et Jonathan ne sont plus ensemble. Jonathan prend une année sabbatique pour aller faire du bénévolat au Kenya. Il va construire des écoles. C'est chien, il était supposé déménager chez elle dans moins de deux semaines, résume Simon.

— Je vous l'avais dit ! Mon amie…

— Si tu me parles de Julie, je te jure que je vais me mettre à hurler, le coupé-je.

— D'accord, d'accord. Est-ce qu'il sait que s'il envoie de l'argent, à la place, on pourrait payer des gens dans le besoin là-bas pour construire les écoles et leur permettre de travailler ? dit-il en s'assoyant à son bureau.

— Merci ! Exactement ! Et il ne va pas juste faire de l'aide humanitaire. Il prend six mois pour visiter l'Asie aussi !

— Il part quand ?

— À la fin de la semaine…

— Donc tu l'as laissé ?

— Euh, non. Je considère que c'est lui qui m'a laissée…

— Mais il t'a dit que vous pouviez quand même rester ensemble, rectifie Luc.

— Franchement ! Il a simplement dit ça pour ne pas se sentir coupable, argumente Simon.

— C'est vrai ! Il n'a même pas eu le courage de lui en parler avant ! Il a tout organisé dans son dos, ajoute Sandrine.

— C'est exactement comme la fois avec…, commence Benjamin.

— Oh ! Oh ! Ça sent l'anecdote avec Émilie, le coupe Luc.

Benjamin entretient une histoire tumultueuse et sans fin avec une certaine Émilie qui le rend complètement fou. Il nous en parle constamment.

— C'est elle qui ne voulait plus me revoir, mais elle disait que c'était ma faute et donc que j'étais le responsable de notre séparation ! continue Benjamin en ignorant Luc.

— Ce n'est pas la même chose. Jonathan a planifié un an de sa vie sans moi. Il ne m'a même pas demandé si je voulais y aller avec lui… pour le voyage en Asie, du moins, expliqué-je tristement. Il n'a plus le goût d'être avec moi, c'est tout.

Le silence s'installe après mes propos. Mes coéquipiers me regardent avec empathie. J'ai encore envie de pleurer. Il faut que je pense à autre chose.

— Bon, j'ai un fournisseur à appeler. Les changements qu'il m'a promis sur les appareils wi-fi n'aboutissent pas, dis-je au groupe. Ça tombe très bien, je suis d'humeur à faire des menaces…

***

Je pousse avec ma fourchette les légumes trop cuits de mon repas fourni par le bureau. J'assiste à un dîner-causerie de motivation. Les dirigeants de l'entreprise adorent organiser ce genre d'activité pour les employés, les vendredis midi. Ils invitent des personnes ayant accompli des exploits ou qui ont vécu des épreuves hors du commun à partager avec nous leur expérience, le tout dans le but de motiver les troupes. Aujourd'hui, notre invité est un homme qui a gravi huit des plus hauts sommets du monde.

Je prends une bouchée de poulet que j'avale avec difficulté. Ça va maintenant faire cinq semaines que j'ai rompu avec Jonathan et je n'ai toujours pas retrouvé mon appétit. Je dépose ma fourchette et observe mon équipe installée autour d'une des grandes tables rondes de la salle de conférences réservée pour l'occasion. Mes collègues ont l'air en bien meilleure forme que moi.

Notre président prend la parole derrière un micro installé sur une petite estrade. Il présente notre conférencier, Tom Fisher, qui fait alors son entrée. Il s'agit d'un homme à la fin de la quarantaine en complet-cravate. Il nous explique qu'il travaille dans le domaine de l'importation de produits de beauté et qu'il avait toujours rêvé d'escalader les plus hautes montagnes de la planète. Un jour, désirant réaliser ses ambitions, il a décidé de prendre une année sabbatique pour partir en expédition. Les mots «année sabbatique» résonnent dans ma tête jusqu'à me donner la chair de poule. Notre invité m'apparaît soudain antipathique. Il continue en nous décrivant l'entraînement physique intense qu'il a dû suivre et l'argent qu'il a dû dépenser pour réaliser son rêve – la modique somme de 80 000 dollars. Il nous parle enfin des montagnes et de ses ascensions. Souvent, pour gagner du temps, un hélicoptère allait le déposer le plus haut possible – à une certaine altitude, la densité de l'air n'est plus assez élevée pour permettre une portance aux hélices. Pour certaines montagnes, la route menant au sommet était entrecoupée de paliers munis d'installations pour accueillir les touristes. Ces campements offrent tous les services : de la restauration, des médecins et même du divertissement ! Il nous informe que pour toutes ses ascensions il était accompagné de guides qui transportaient ses vivres et son équipement, dont sa tente, qu'ils installaient, et qui lui faisaient ses repas. Étant de très mauvaise foi, je me dis que, dans le fond, participer à ces expéditions comme touriste n'a rien d'un exploit ; ce sont les guides qui devraient venir nous donner la conférence. Ensuite, il nous projette des photographies à l'écran. Il faut admettre que le paysage est à couper le souffle. Il s'arrête plus longtemps sur une photographie où nous pouvons le voir au sommet de l'Everest avec un de ses sherpas.

— Je suis particulièrement heureux de cette photographie. Cette journée-là, c'était le cinquième anniversaire de mon garçon. C'est certain qu'il s'inquiétait pour moi, mais j'ai pu lui envoyer cette photo comme cadeau de fête. Ma femme m'a dit qu'il était très fier de son papa !

Quoi ! Il est marié et a un enfant en bas âge ! Comment peut-il partir pour une année ? Une colère incontrôlable s'empare de moi. Je suis incapable de démêler mes mésaventures personnelles des aventures du conférencier. C'est peut-être un père et un mari extraordinaire, je ne le sais pas. Je ne connais rien à sa vie privée. Qui suis-je pour le juger ? Par contre, je ne me donne aucun temps de réflexion et me laisse complètement emporter par mes émotions. Je lève ma main pour poser une question :

— Excusez-moi... Votre femme, elle ne pouvait pas y aller avec vous ?

— Malheureusement, ce n'était pas possible. Nos enfants avaient trois et cinq ans, à l'époque...

Sa réponse jette de l'huile sur mon feu. Je transpose complètement Jonathan sur le pauvre conférencier. J'ai juste envie de le « planter ». Je lève ma main à nouveau.

— Est-ce que vous savez que le mont Everest est extrêmement pollué en raison du grand nombre de touristes qui s'y rendent chaque année ? Certains vont même jusqu'à le surnommer « le plus haut dépotoir du monde ». Les gens qui gravissent ce sommet font face à des conditions atmosphériques très difficiles et ne sont pas en mesure de ramasser derrière eux. Il y aurait des milliers de bouteilles d'oxygène, de piles usagées et de cannettes d'essence vides abandonnées là... Vous ne pensez pas que c'est irresponsable de dépenser 80 000 dollars pour aller déverser des déchets sur un des plus beaux sites du patrimoine mondial, sans compter l'impact socio-économique de cette industrie sur la population locale ?

Ma question, beaucoup trop agressive et totalement gratuite, est suivie par un silence de mort. Notre invité reste figé, la bouche entrouverte, ne sachant pas quoi répondre. Simon se cache le visage derrière ses mains et le reste de mon équipe me regarde avec étonnement. J'aimerais vraiment pouvoir ravaler ma question, mais c'est impossible. Quelle catastrophe ! Je me sens vraiment mal pour le conférencier, moi qui d'habitude déteste mettre les gens dans l'embarras. Mais qu'est-ce qui me prend ? Dépenser 80 000 dollars pour aller polluer ! Je travaille pour une entreprise qui vend très cher des jets qui brûlent de l'essence dans l'atmosphère... Je suis très mal placée pour parler.

— Tom, dites-nous, c'est comment, dormir dans une tente à plus de 5 000 mètres d'altitude ? lui demande notre président afin de dissiper le malaise. La conférence se poursuit comme si rien ne s'était passé. J'évite évidemment de faire d'autres interventions. Mes coéquipiers ne peuvent s'empêcher de me questionner des yeux chaque fois que je croise leur regard.

Le dîner-causerie se termine enfin. J'ai hâte de quitter la salle de conférences pour aller me réfugier derrière mon ordinateur. Alors que nous nous levons, le président se dirige vers ma table et s'adresse à moi :

— Élise, j'aimerais que tu passes à mon bureau cet après-midi, dit-il avant d'aller rejoindre son invité sans attendre ma réponse.

Je jette un regard résigné à Simon, qui semble totalement découragé. Évidemment, je vais payer pour mon manque de civisme.

Je cogne timidement à la porte du président de la compagnie, Marc Levasseur. Il me dit d'entrer. Je prends une grande respiration. Je dois assumer les conséquences ; je suis la seule responsable de ma fâcheuse situation.

— Assis-toi, s'il te plaît, Élise.

J'obéis sans dire un mot.

— J'ai été très étonné par ton commentaire, lors de la conférence. Ça ne te ressemble pas du tout. Peux-tu me dire ce qu'on peut faire pour t'aider à ce que ça ne se reproduise pas ?

Misère, pas le « qu'est-ce qu'on peut faire pour t'aider » ! Quelle humiliation ! J'aurais préféré me faire chicaner. Là, je ne fais que me sentir ridicule et culpabiliser.

— Rien du tout. Je suis vraiment désolée, Marc. J'ai mal agi et ça ne se reproduira plus.

— Parfait. Tu sais, nous sommes chanceux d'avoir eu l'occasion d'entendre l'histoire de Tom Fisher. C'est un véritable exploit, ce qu'il a accompli, et nous devons prendre exemple sur lui.

Les propos du président ont l'effet d'une gifle. Je sais très bien que je devrais me taire et m'en aller, mais je ne peux m'empêcher de répondre.

— Mon intervention pendant la conférence était tout à fait inappropriée dans un contexte de travail. J'en suis consciente et je m'en excuse. Par contre, un exploit sur lequel il faut prendre exemple ? Je ne crois pas. Tom Fisher a pris « congé » de son emploi et de ses responsabilités familiales pour participer à une expédition très coûteuse. Est-ce que c'est *thrillant* comme aventure ? Absolument. Mais le seul exploit que je vois là-dedans, c'est d'être capable d'avoir assez d'argent et de temps pour l'accomplir. C'était un *trip* complètement personnel et égoïste. J'ai de la difficulté à voir la différence entre lui et quelqu'un qui prend deux semaines de vacances au soleil dans une formule « tout inclus » ou moi qui fais un voyage de canot-camping. Gravir des montagnes, à notre époque, ce n'est plus comme avant. L'excursion est complètement encadrée, les grimpeurs disposent d'hélicoptères pour faire la moitié du chemin et d'un équipement à la fine pointe de la technologie, et ce sont les guides qui font la majorité du travail. Je suis certaine que ça doit être une expérience formidable, mais aller visiter le Louvre ou le Taj Mahal aussi. Je n'ai rien contre votre invité, mais qu'on ne vienne pas me faire la morale avec un loisir !

Marc Levasseur me regarde avec de grands yeux. Je réalise à quel point je dois avoir l'air frustrée. Je laisse échapper un petit rire nerveux.

— Bon là, Marc, tu vas me dire qu'il ne me manque que trois ou quatre chats et un balai pour avoir l'air d'une vieille femme amère…

— Je n'aurais jamais dit ça… par politesse, répond-il en riant à son tour. Qu'est-ce qui se passe, Élise ?

— J'ai juste eu des mauvaises nouvelles… dans ma vie personnelle. Je suis sincèrement désolée pour mon attitude. Je vais faire attention dorénavant.

— D'accord, Élise. Je compte sur toi. J'aimerais juste revenir à Tom Fisher. Nous l'avons invité pour une raison importante. Il avait un rêve et il l'a réalisé. C'est ça, l'exploit.

— Tu as raison.

Alors que je me lève pour quitter son bureau, Marc Levasseur s'adresse encore à moi.

— Ah oui, une dernière chose. J'aimerais que tu envoies à Tom Fisher une lettre d'excuses. Je vais te transmettre son adresse courriel. Merci et bonne fin de journée.

Une lettre d'excuses… Quelle misère!

***

Je joue compulsivement avec l'ouvre-bouteille de Marie. Sara et moi sommes chez elle et nous attendons la livraison de notre souper commandé chez un traiteur portugais. Je suis heureuse d'être avec mes amies. Depuis ma rupture, je ne les ai presque pas vues. Je n'avais pas le cœur à sortir de la maison, ni à les recevoir. Elles sont venues me rendre visite quand même deux fois, à l'improviste. Mais aujourd'hui, j'ai décidé de me botter le derrière et d'accepter leur invitation.

— Les filles, savez-vous ce que j'ai fait, en fin d'après-midi, au bureau?

— Un moteur à hélice? répond Marie en plaisantant.

— Non, j'ai rédigé une lettre d'excuses.

— Quoi? s'exclame Sara en pouffant de rire.

J'explique en détail les déboires de ma journée aux filles, qui semblent trouver le tout absolument hilarant.

— Mais qu'est-ce qui t'a pris? me demande plus sérieusement Sara en me reservant du vin.

— Je ne sais pas. C'est comme si j'avais une boule de colère à l'intérieur de moi. Ou peut-être que je suis tout simplement frustrée parce que Tom Fisher a réalisé ses rêves alors que moi je n'en ai plus…

— Oh, ma pauvre chouette, me dit Marie avec empathie.

— Tu exagères, Élise! me gronde Sara. Tu n'es quand même pas mourante!

— C'est là que je suis rendue? On me dit que je ne suis pas mourante pour me consoler…

— Pas du tout! Seulement, je ne veux pas que tu te laisses sombrer dans la dépression! Depuis quand on donne à un homme le pouvoir de détruire tous nos rêves?

— Ce n'est pas seulement l'homme, Sara, c'est aussi la ménopause précoce, intervient Marie. Élise a besoin de temps…

— Justement, c'est ça le problème. Du temps, elle n'en a pas beaucoup. Elle ne doit pas en perdre à se morfondre!

J'en profite pour réfléchir alors que mes amies argumentent sur mon cas. J'ai dépassé les limites de l'acceptable, aujourd'hui. C'est ça que je veux être, dans la vie, une femme aigrie qui doit écrire des lettres d'excuses? Certainement pas! Cette personne ne me ressemble pas du tout et ne m'intéresse pas. Dans le fond, je suis très fâchée contre moi-même. Après ma rupture qui a précédé ma relation avec Jonathan, j'ai été sur le carreau pendant des mois, voire des années. Mais pas cette fois! Ce n'est pas vrai que je vais passer la majorité de mon existence en peine d'amour. Moi aussi, je mérite d'avoir des projets et d'être heureuse!

— Sara a raison! m'exclamé-je pour mettre fin au débat entre mes amies. Je ne vais pas me laisser abattre! Je ne peux pas continuer à ne rien faire d'autre que m'apitoyer sur mon sort parce que j'ai peur de me faire rejeter de nouveau ou de finir seule. Je ne vais pas renoncer si facilement à toutes mes aspirations! Vous savez quoi? Je vais rencontrer quelqu'un d'autre, qui sera merveilleux, et moi aussi j'aurai une famille. Ce sera ma montagne à moi!

— C'est bien, Élise! Il faut être positive, lance Sara avec enthousiasme.

— Je me donne un an. Et j'ai la ferme intention de m'amuser pendant le processus! Non mais, est-ce que ça se peut? Ça fait plus d'un mois que je reste enfermée chez moi et que je ne mange plus! J'ai même hésité à venir souper avec vous ce soir. C'est terminé! Je suis une nouvelle Élise! À partir de maintenant, je vais dire oui à toute nouvelle expérience! L'année dernière, Sara, tu as bien réussi à vaincre ta peur du loup, hein? Quand tu as décidé de ne plus te laisser marcher dessus au travail? C'est à mon tour de le faire, et pour de vrai, cette fois-ci!

— Super! Demain, c'est mon *wrap party* pour la fin du tournage du film *Rien que du bleu*, m'annonce Marie. Tu vas venir avec moi!

— Euh... je ne sais pas... je ne vais connaître personne...

— Tut tut tut! me coupe Sara. La nouvelle Élise dit toujours oui!

— Bon, d'accord. On s'habille comment pour un *wrap party*?

***

Je m'arrête devant la vitrine de ma boutique de vêtements préférée, Les fringues. J'admire une splendide robe bourgogne et gris. J'ai décidé d'aller magasiner avant la soirée de Marie. J'ai bien l'intention de m'y amuser, mais surtout d'être magnifique! J'entre. Le propriétaire m'aperçoit et me salue. C'est un bel homme toujours bien habillé. En raison de son métier et de son look très recherché, je croyais erronément qu'il était gay. Marie a corrigé ma mauvaise perception en m'informant du très grand nombre de comédiennes et de mannequins qu'il a fréquentées. Je lui demande où je peux trouver la robe de la vitrine. Il m'explique qu'il s'agit en fait d'une robe «décomposée». Le haut, une sorte de corset à manches courtes, est ajusté et s'enfile par la tête. Ensuite, nous avons le choix entre plusieurs jupes amples arrivant à mi-cuisse de couleurs différentes. Quelle bonne idée! Je pourrais acheter plusieurs jupes et transformer ma robe à ma guise. Je lui fais part de mon envie de l'essayer.

— Je suis désolé, je n'ai plus de cette couleur pour le haut et celui qui est sur le mannequin est déchiré dans le dos, me dit-il. Je vais te montrer ce qui me reste.

Le propriétaire me présente les vêtements en question. La seule couleur disponible est absolument atroce: marbré olive et moutarde. Je ne peux cacher ma déception.

— J'ai encore des corsets bourgogne et des noirs à l'entrepôt. J'en réserve un pour toi si tu veux. Tu peux essayer le vert et jaune pour voir si tu aimes le modèle.

— Parfait! Je vais faire le tour de la boutique avant.

J'entre finalement dans la cabine avec de nombreux vêtements. J'attrape le haut olive et moutarde. Ouf, il n'est pas facile du tout à enfiler, le tissu n'a pas d'élasticité. Misère! Quelle taille est-ce que j'ai prise? Je réussis enfin à le mettre. Je me regarde dans le miroir de la cabine et pouffe de rire. C'est horrible! Le corset est beaucoup trop serré et la couleur me donne un air cadavérique. Je me demande si c'est moi qui me fais des idées, mais on dirait que j'ai un look «médiéval». C'est absolument à éviter! Déjà que j'ai un faible pour la science-fiction, je ne veux pas qu'on pense que je suis en plus une adepte des Grandeur Nature médiévaux. Ça ferait exploser ma courbe déjà très haute sur l'échelle des *nerds*. Je saisis les côtés du vêtement pour l'enlever. Rien ne bouge. J'y vais avec plus de vigueur, aucun résultat. J'essaie de glisser un bras à l'intérieur par la manche, impossible. Ce n'est pas vrai, je dois me libérer de ce corset! Je gigote frénétiquement comme un petit ver pour m'en extirper. Malgré tous mes efforts, je ne parviens pas à l'ôter ; je ne fais que transpirer dans un vêtement qui ne m'appartient pas. Et plus je transpire, plus le tissu colle à ma peau. Exténuée, je m'assieds sur le petit pouf de la cabine pour faire une pause. Je ne peux pas croire que je suis coincée dans ça. Qu'est-ce que je vais faire ? C'est la honte ! On cogne à la cabine :

— Est-ce que tout va bien ici ?

— Oui, oui ! réponds-je d'une petite voix alors que je devrais plutôt dire : « Non, pas du tout, je suis prise dans le vêtement le plus laid du monde ! »

Je tente le tout pour le tout et me débats comme une folle dans une camisole de force. C'est peine perdue. Il n'y a rien à faire pour m'extirper de ce corset. Je suis à court de moyens. Je ne peux me résoudre à l'avouer au propriétaire de la boutique. C'est bien trop humiliant ! Quelle situation épouvantable ! Je vais bien devoir sortir un jour de la cabine... Je me sens si ridicule !

Je me dirige vers le comptoir de la caisse encore vêtue de mon « splendide » corset. J'ai décidé de l'acheter et de l'enlever chez moi en le découpant avec un ciseau. Le propriétaire me regarde avec interrogation.

— C'est bon, je vais le prendre, dis-je sur un ton confiant.

— Je pense qu'il est un peu trop petit. Je vais aller te chercher une taille au-dessus.

— Non, non. Je trouve ça parfait comme ça, réponds-je en gardant le sourire.

Il m'observe sans trop comprendre. C'est évident que le vêtement est beaucoup trop serré. Les coutures en sont toutes déformées. Je ressemble à un petit boudin – un petit boudin du Moyen Âge ! Étant habitué de bien conseiller ses clientes, il continue :

— Je ne suis pas sûr de la couleur, avec ton teint.

— J'adore le vert et le jaune. Tellement que je vais le payer tout de suite et le garder sur moi !

— C'est comme tu veux, mais je peux avoir les autres couleurs demain…, propose-t-il dans une dernière tentative de me sauver de mes mauvais choix.

— Je vais prendre celui-ci, merci, rétorqué-je sans broncher.

— Très bien. Ça va faire 248,26 dollars, m'annonce-t-il après avoir entré le code dans la caisse enregistreuse.

Quoi ? C'est scandaleusement cher ! Je n'avais pas regardé le prix ! Je lâche un soupir et perds ma belle contenance.

— Je suis coincée dedans, avoué-je au propriétaire, qui éclate de rire.

***

J'entre accompagnée de Marie dans un grand loft du Mile End éclairé en bleu à l'aide de gros projecteurs. La salle est comble. Mon amie m'entraîne vers le bar où l'on sert plusieurs cocktails, tous de couleur bleue. C'est le thème de la soirée en raison du titre du film : *Rien que du bleu*. Marie me tend un verre. Quelqu'un, plus loin, l'aperçoit et crie son nom. On vient de remarquer sa présence. Comme elle est l'une des vedettes du film, elle reçoit beaucoup d'attention. Marie me présente à toutes les nouvelles personnes qui viennent la saluer ou lui faire la conversation. Je la trouve merveilleuse, avec sa très grande aptitude en relations publiques. Elle semble tellement à l'aise, n'oublie jamais un visage – ni un nom – et a toujours le bon mot. Moi, je suis plus timide. D'autant plus que personne ici ne semble vraiment intéressé par ma carrière. J'ai même l'impression de déceler de la déception sur le visage de certaines d'entre elles – particulièrement chez les hommes – lorsque je leur dévoile ma profession :

— Et vous, vous êtes comédienne aussi ?

— Non, ingénieure en aéronautique.

— …

Un serveur passe à côté de moi avec un plateau de *shooters* bleus. Il m'en offre un. Je lui dis poliment non merci. J'ai beaucoup de difficulté avec ce genre de consommations ; ça me monte trop vite à la tête. Marie me demande si je veux aller danser. Pour ça aussi, c'est un non. Je suis trop gênée. Mon amie me sourit et me demande si je m'amuse. Je lui réponds par l'affirmative alors que, dans le fond, pas vraiment. J'ai envie de rentrer chez moi. Je me trouve soudain pathétique. Je m'étais promis d'être une nouvelle Élise qui profite de la vie et qui dit oui à toute nouvelle expérience. En ce moment, j'agis plus comme une petite fille craintive qui s'accroche à son amie comme à une bouée de sauvetage. Je m'éloigne de Marie et attrape le serveur. J'avale deux *shooters* de suite. Ark ! Que c'est mauvais ! Je vais chercher ma copine et l'emmène sur la piste de danse.

Accoudée au comptoir du bar, je discute avec deux scénaristes et un directeur photo qui sont tous les trois morts de rire. Je viens de leur raconter mon anecdote du vêtement coincé. J'en suis rendue là dans mon niveau d'inhibition. J'ai abusé des cocktails ; je peux voir que ma langue est bleue lorsque je la tire. Si je continue comme ça, je vais bientôt faire des rimes avec ménopause précoce…

— Est-ce que je peux utiliser ton histoire dans un de mes scénarios ? me demande un des membres de mon « public ».

— À la seule condition que mon identité soit gardée secrète à jamais !

Marie arrive à mes côtés pour me présenter un jeune homme. Elle a passé la soirée à m'amener toutes sortes de spécimens mâles dont elle vante les qualités.

— Élise, je te présente Romain. C'est un dessinateur formidable ! C'est lui qui a fait l'animation qu'on voit au début du film !

Je suis réellement impressionnée. L'animation était tout à fait splendide. Lui aussi est pas mal du tout. Grand, les cheveux châtains en bataille, l'air un peu bohème, d'immenses yeux noirs… Par contre, je pense qu'il est plus jeune que moi.

— Salut, Élise! me dit-il en me faisant la bise. Et toi, est-ce que tu as travaillé sur le film?

— Non, moi je suis ingénieure en aéronautique, réponds-je, à présent confiante.

J'ai préparé des répliques amusantes afin de combler le silence qui, fort probablement, suivra. Elles ont très bien fonctionné avec mes interlocuteurs précédents…

— *Wow!* Sans blague? s'exclame-t-il avec un réel intérêt. C'est tellement la *job* la plus *cool* du monde! Il faut que tu me parles de ton travail!

Je souris à mon interlocuteur. C'est la première personne, ce soir, qui fait preuve de curiosité à l'endroit de ma profession.

***

— La la la la la!

Romain et moi chantons à tue-tête par-dessus les paroles d'une chanson rétro qui passe à la radio. Romain m'a offert de me raccompagner chez moi en taxi. Le chauffeur ne semble pas importuné par notre exubérance. Il se met même de la partie en frappant des mains. Pour ce faire, il lâche le volant. La voiture zigzague.

— Monsieur, c'est peut-être mieux de tenir le volant, dis-je en riant.

Je suis très éméchée par l'alcool et je trouve drôle ce manquement à la sécurité qui, dans d'autres circonstances, m'aurait fait paniquer. Le chauffeur tourne le coin de ma rue.

— Juste ici, monsieur, ce sera le premier arrêt, lui dis-je.

Je cherche mon portefeuille dans mon trop grand sac à main, ce qui me prend un temps fou. Romain sort des billets de ses poches pour payer la course. J'insiste pour régler ma partie du trajet et replonge dans mon sac. Je trouve enfin mon portefeuille, paie le chauffeur et fais la bise à mon partenaire de chant. Je descends sur le trottoir en titubant et ferme la portière. J'ai de la difficulté à marcher. J'en attribue la faute à mes souliers à talons hauts, sachant très bien que ce ne sont pas eux, les coupables. Le taxi reprend sa route. J'aperçois Romain dans la rue devant moi. Il est aussi descendu du taxi. Je pouffe de rire. Il s'approche de moi en souriant. Il m'attire vers lui et m'embrasse. Il sent vraiment très bon. Après quelques instants, je le repousse doucement.

— Je peux bien t'inviter chez moi, mais je t'avertis : je suis beaucoup trop soûle pour faire… tu sais…

— Aucun problème avec moi, on peut boire une tisane.

— Je ne suis quand même pas assez soûle pour qu'on ne puisse pas s'embrasser…

— Humm… Je pourrais passer la nuit à t'embrasser, répond-il en posant une main sur ma nuque.

— J'adore ça, un homme qui n'est pas pressé… Très rare, particulièrement pour un jeune homme. Au fait, tu as quel âge ?

— Vingt et un ans.

— Vraiment !? m'esclaffé-je. Tu sais que moi j'ai vingt-neuf ans ? rétorqué-je en parlant un peu trop fort.

— Zut, moi qui n'aime que les adolescentes…, plaisante-t-il en s'approchant pour m'embrasser.

— Non, mais pour vrai, ça ne te dérange pas ?

— Qu'est-ce que ça peut bien faire ? C'est plus toi qui as l'air d'être dérangée…

— Mais comment ça se peut, vingt et un ans ? C'est bien toi qui as fait l'animation du film ?

— Oui. Je suis un génie, blague-t-il en m'enlaçant.

Je le laisse m'entraîner dans ses bras. Il a bien raison, qu'est-ce que ça peut bien faire? Après tout, il a l'âge légal dans tous les pays. Du moins, je pense… De toute façon, il est bien trop beau pour que j'entretienne des scrupules ridicules.

Je me réveille tout habillée dans mon lit. Romain est à côté de moi et dort à poings fermés. Nous nous sommes couchés aux petites heures du matin. Il ne m'avait pas menti, dehors, sur le trottoir; il aurait très bien passé toute la nuit à ne rien faire d'autre que m'embrasser. C'est moi qui me suis endormie sur le sofa. J'imagine qu'il m'a portée jusque dans ma chambre. Je regarde l'heure: 8 h 30. J'essaie de me rendormir, mais c'est inutile. Je suis conditionnée à me lever tôt tous les matins. Je sors du lit pour aller aux toilettes et boire un litre d'eau. J'ai mal à la tête. Je vais à la cuisine et ouvre l'armoire. Catastrophe! Plus de café! Je décide de me servir un verre de jus d'orange avec deux comprimés d'analgésique comme accompagnement. Je me laisse tomber sur le sofa et attrape ma tablette pour lire les nouvelles.

Il est maintenant 11 h 45 et Romain dort toujours. *Ah, cette jeunesse…*, plaisanté-je mentalement. Je tourne en rond dans le condo, ne sachant pas quoi faire. Je meurs d'envie de boire un café. Je décide d'aller à l'épicerie du coin pour en acheter. Je laisse une note sur la table de la cuisine à l'attention de Romain et quitte l'appartement.

∗∗∗

Je dépose mon sac d'épicerie sur le comptoir. Je vais faire du café, puis j'irai réveiller Romain. Non mais, quand même, il est passé midi. La porte de la salle de bain s'ouvre et Romain en sort en se séchant les cheveux à l'aide d'une serviette. Il est nu. Je détourne immédiatement le regard. Ça ne dure pas très longtemps, mes yeux sont attirés vers lui comme un papillon vers la lumière. Quel corps magnifique! *Oh là là! C'est un véritable Sparte, ce Romain!* Je trouve ma réplique mentale amusante et ris toute seule. Je réussis enfin à m'arracher les yeux de lui et retourne à mes activités comme si de rien n'était.

— Je prépare du café, si tu en veux. Tu as bien dormi?

— Comme un bébé, et toi?

— Très bien.

Romain retourne dans ma chambre et en ressort habillé. Il prend dans mon bol à fruits une pomme qu'il croque aussitôt.

— Que fais-tu aujourd'hui? On fait quelque chose ensemble? me demande-t-il.

— Je ne sais pas…, dis-je, hésitante.

Je ne m'attendais pas à une telle proposition de sa part. Je m'imaginais qu'il s'enfuirait dès son réveil. Moi, je ne suis pas très en forme. J'ai perdu mon bel enthousiasme de la veille et me sens beaucoup moins loquace. En plus, je ne sais vraiment pas de quoi je pourrais lui parler; je lui ai déjà raconté ma vie dans les moindres détails lorsque nous étions à la fête… Je n'ai pas l'habitude des excès, ni de ramener des étrangers chez moi. Je ne me sens pas très à l'aise avec la situation. Mon mal de tête est toujours bien présent; j'espérais pouvoir passer le reste de la journée à me vautrer devant des films.

— Je pensais faire du ménage…, finis-je par répondre.

— Je vais le prendre personnel si c'est l'excuse que tu me donnes. Ton appartement ne peut pas être plus propre. On pourrait aller bruncher?

Un sourire se dessine sur le visage de Romain, allongeant ses lèvres charnues et faisant apparaître deux petites fossettes. Impossible de lui résister. J'ai même l'impression que tous mes maux viennent de se dissiper.

— Bon, d'accord! Où veux-tu aller?

— Je connais un endroit super, dans Griffintown, où ils font les meilleurs bagels!

Romain et moi arrivons devant une boulangerie artisanale. Je peux voir à travers la vitrine que les chaises ont été placées à l'envers sur les deux petites tables de l'endroit.

— Je pense que c'est fermé. Allons ailleurs, dis-je à Romain.

— Attends, me répond-il en cognant à la porte.

— Regarde, c'est écrit que ça ferme à 13 heures les dimanches.

— Oui, je sais, déclare-t-il en cognant toujours.

Un homme dans la cinquantaine et habillé comme un hippie sort de la cuisine. Il s'avance vers nous. Il sourit à Romain lorsqu'il le reconnaît à travers la porte vitrée qu'il s'empresse d'ouvrir.

— Comment ça va, Le Barbier? s'exclame l'homme en serrant la main de Romain.

— Je vais bien. Et toi, Jacques?

— Les affaires vont bien, ces temps-ci. La boulangerie n'a jamais aussi bien fonctionné! Qu'est-ce que je peux faire pour toi?

— On se demandait si on pouvait venir manger un bagel.

— Entre, entre! Il ne me reste plus de bagels, mais il y a de la pâte au réfrigérateur et le four est encore chaud. Tu te rappelles comment faire, hein? Parce que, moi, je dois partir.

— Pas de problème.

— Et c'est qui, la belle demoiselle qui t'accompagne?

— Élise, réponds-je en lui tendant la main.

Il tire ma main vers lui et me fait chaleureusement la bise.

— Bon, je vous quitte, les tourtereaux. Tu fermes comme d'habitude, d'accord?

Jacques nous laisse seuls dans la boulangerie. Romain me fait signe de le suivre à la cuisine.

— Tu as déjà été barbier ? lui demandé-je, intriguée.

— Non, c'est mon nom de famille. Romain Le Barbier.

Je rougis. Je ne savais même pas son nom complet.

— Moi, c'est Élise...

— ... Dubé. Je m'en souviens, me coupe-t-il sur un ton moqueur.

Romain me propose de m'installer sur un tabouret devant un grand comptoir métallique. Il fait des va-et-vient dans la cuisine afin de trouver les ingrédients qui lui sont nécessaires. Il met de l'eau à bouillir et prépare le repas en face de moi.

— Tu es assurément très à l'aise avec l'endroit.

— J'ai travaillé ici quatre ans, jusqu'à ce que je commence à faire de l'argent en dessinant... ce qui ne fait pas très longtemps. Ça te tente de faire les bagels avec moi ?

— Absolument !

Je vais le rejoindre gaiement de l'autre côté du comptoir. Romain pétrit la pâte avec savoir-faire et me montre comment la rouler autour de ma main. Je dois m'y reprendre plusieurs fois afin d'obtenir la forme du bagel typique. Je trouve l'expérience très chouette. J'ai l'impression qu'on me donne un cours de cuisine privé. Romain est gentil et comique, il s'évertue à rendre la tâche intéressante. Nous plongeons ensuite nos bagels dans l'eau bouillante. Peu de temps après, Romain les retire et les place dans un récipient contenant de l'eau glacée.

— Tu les veux à quoi ? Sésame, nature, sel, pavot ?

— Je me fie à toi, tu es le spécialiste !

— Sésame et gros sel alors. Je vais les mettre au four. Nous en avons pour une vingtaine de minutes.

En attendant la fin de la cuisson, Romain sort des assiettes et y place des fruits qu'il coupe habilement. Il ajoute ensuite à côté des fruits une cuillerée de fromage à la crème.

— Je sais ce qu'il manque, dit-il en disparaissant dans le grand réfrigérateur.

Il revient avec une bouteille de vin blanc.

— Ouf! Je ne suis pas certaine… avec tout ce que j'ai bu hier…

— Tu n'as pas pris la résolution de toujours dire oui? me demande-t-il en souriant narquoisement.

— Misère! Est-ce qu'il y a quelque chose que je ne t'ai pas raconté? répliqué-je, découragée de moi-même.

— En plus, tu es tombée sur le mauvais gars, parce que j'ai une excellente mémoire.

— Dans ce cas, je vais en prendre un double! plaisanté-je.

Les bagels sont prêts. Romain les tranche et les sert dans les assiettes. Je prends une bouchée après y avoir étalé du fromage.

— Humm, c'est délicieux!

— Il n'y a rien pour battre le pain frais sorti d'un four à bois!

— Tu m'as dit que tu as travaillé ici quatre ans?

— Oui, j'ai débuté comme plongeur lorsque j'étais au cégep. Jacques est un gars super *cool*. Il m'a vite fait confiance et m'a appris son métier. Je pense qu'il aurait aimé que je reste avec lui.

— Mais tu préfères le dessin.

— C'est ma passion. Je suis chanceux, j'ai réussi à obtenir plusieurs contrats, surtout pour la télévision et le cinéma.

— C'est ça que tu veux faire?

— C'est payant et je m'amuse bien. Mais je travaille sur une bande dessinée en ce moment. C'est ça, mon vrai projet.

— Ça avance bien? Tu as un éditeur?

— Oui, et ma BD devrait paraître à l'automne. Elle va être publiée ici, en France et en Allemagne.

— *Wow!* C'est pour ça que tu pars trois semaines à Paris? C'est ça que tu me disais hier, non?

— Oui. Et à Berlin.

— Impressionnant! Est-ce que tu écris les textes aussi?

— Oui, mais j'ai évidemment un traducteur allemand.

— C'est quoi, le sujet de ta bande dessinée?

— C'est compliqué… Et je n'aime pas trop parler de mes projets avant qu'ils soient terminés…

— Je comprends. Pour moi, c'est facile de ne pas parler de mon travail. Nous n'avons pas le droit. Nous signons des ententes de confidentialité très strictes. Interdiction absolue de divulguer les caractéristiques des nouveaux jets ou de révéler le nom des clients qui les commandent.

— Pourtant, hier, tu m'as fait la liste de…

— Non! Tu me niaises?! m'exclamé-je, outrée par ma propre bêtise.

— Je te fais marcher, tu ne m'as rien dit du tout, répond-il, l'air espiègle.

— Tu ne devrais pas faire des blagues là-dessus, je connais quelqu'un qui s'est fait renvoyer à cause de ça! le sermonné-je en lui frappant l'épaule.

Nous avons terminé notre repas et Romain se lève pour ramasser et faire un peu de ménage.

— Tu remercieras Jacques de ma part pour nous avoir permis de manger ici.

— Sans problème! Je le vois tous les matins. Mon atelier est à côté.

— Vraiment? Emmène-moi, s'il te plaît! J'aimerais bien voir ça.

— Non… J'ai une politique très ferme à ce sujet: personne n'entre dans mon atelier… En plus, les planches de ma BD sont là…

— *Come on!* Je ne regarderai pas tes planches. Promis! Ce n'est pas juste, tu connais tout de ma vie!

— Hum… C'est vraiment intime… J'accepte de te montrer mon atelier à la condition que… voyons… que tu me montres le contenu de ton sac à main!

marchande-t-il, pas tout à fait sérieux, en montrant mon énorme sac du doigt.

— Quoi ? Mais c'est ridicule… C'est bien trop personnel…

— C'est décidé, je ne changerai pas d'idée. C'est ma seule condition !

— Vraiment ?! Bon, d'accord !

J'attrape mon sac et le dépose sur le comptoir. J'essaie de visualiser mentalement ce qu'il y a dedans… Une tonne de choses… Au moins, il n'y a pas de serviette hygiénique ou de tampon, puisque je n'ai plus mes règles depuis un bon moment… Romain prend le sac et en retire un à un les objets, qu'il étale sur le comptoir.

— Six rouges à lèvres ? m'interroge-t-il, amusé.

— Ils sont de couleurs différentes et certains sont des *gloss*…

— Trois crayons à mine, quatre stylos, une gomme à effacer, trois marqueurs et un compas.

— C'est très pratique pour le travail…

— Un dépliant du Musée des beaux-arts…

— Je suis allée voir l'exposition avec mes amies.

— Ça fait six mois qu'elle est terminée !

— Je voulais avoir un souvenir.

— Deux calepins… C'est quoi, ça ? me demande-t-il en sortant un sac Ziploc qui contient un flacon.

— Du dissolvant à vernis à ongles… Je déteste avoir une mauvaise manucure…

— Et voici les vernis ! dit-il en sortant deux petites bouteilles colorées.

— C'est vraiment gênant, dis-je en me cachant le visage derrière mes mains.

— Attends, une autre bouteille ?

— C'est du chasse-moustiques. On ne sait jamais quand on va en avoir besoin…

— Un tube de crème pour les mains, un pot de Tylenol, des pansements…

— Il faut toujours être prêt…

— Un ruban à mesurer et... un niveau !? Mais qu'est-ce que tu fais avec un niveau dans ta sacoche ?

— Ça traîne. Je l'avais utilisé pour réparer des tablettes, dans le salon de mon ancien chum. Tout glissait, dessus.

— Ça, c'est le gars qui est parti construire des écoles en Afrique ? Ça promet !

J'observe Romain, qui tient le niveau comme si c'était la chose la plus drôle du monde. J'éclate de rire.

— Je t'avertis, c'est un peu à l'envers... J'habite aussi ici, parce que je n'ai pas les moyens de me payer un appartement en plus, me dit Romain en déverrouillant la grande porte coulissante en métal.

Je suis tout de suite frappée par la chaleur qui se dégage de son atelier. C'est tellement vivant. J'ai l'impression d'être dans un décor de film. Il y a des tableaux multicolores et du matériel d'artiste un peu partout. Mon hôte me fait visiter son petit loft. Derrière une porte se cache une minuscule salle d'eau dotée d'une douche. Sa cuisine est équipée d'un poêle à gaz *vintage* et d'un réfrigérateur plus petit que la majorité de ceux qu'on utilise dans les jets privés. Je m'arrête émue devant chacune de ses toiles. Tant de talent me trouble. Je ne peux m'empêcher de toucher tous les objets qui sont à ma portée : des pinceaux, de la pâte à modeler, des modèles humains en bois... J'arrive près d'une table à dessin où sont étalées les planches de sa bande dessinée. Je détourne prestement les yeux.

— Tu peux les regarder, Élise, ça ne me dérange pas.

— Tu es certain ?

— Oui, vraiment.

Je suis complètement bouleversée par la bande dessinée de Romain. C'est incroyable de voir à quel point il peut faire preuve de sensibilité. Ses dessins sont à la fois beaux, doux et comiques. Son personnage principal est un délicieux petit bonhomme à la recherche de son cœur, qu'il a perdu à la suite d'une peine d'amour. Il erre de par le monde à sa recherche. Mais au lieu de retrouver le sien, il tombe toujours sur celui d'une autre personne qu'il finit par aider. À la fin de l'histoire, il récupère son cœur, mais il est brisé.

— C'est drôle, je ne m'attendais pas à ça…

— Est-ce que c'est une bonne ou une mauvaise chose? me demande Romain sur un ton laissant transparaître de l'insécurité.

— Elle est vraiment super belle, ta BD.

— Et tu pensais qu'elle ne le serait pas?

— Non, pas du tout. J'ai bien vu de quoi tu es capable dans le film avec Marie. Mais moi, quand je pense à des BD, j'imagine des superhéros avec des superpouvoirs… Dans le fond, je ne connais rien à ce domaine…

— Je te le ferai découvrir, si tu veux. Tous les genres existent.

— Et toi, tu as eu le cœur brisé?

— Non, pas vraiment, en fait. Je me suis inspiré de mes sœurs. J'ai été élevé avec trois grandes sœurs et, crois-moi, il y en a eu, des peines d'amour, chez nous!

Je me penche sur ses dessins pour les admirer davantage. Romain se glisse derrière moi.

— Dis-moi, elle va jusqu'où, ta politique de toujours dire oui? me demande-t-il en m'embrassant dans le cou.

Des frissons de désir traversent mon corps tout entier. Je me retourne vers lui. Je ne sais pas trop quoi faire. Je le trouve formidable et excessivement attirant. Par contre, il est si jeune. Romain remarque mon hésitation.

— C'est encore mon âge qui te dérange?

— J'ai l'impression de profiter de toi, plaisanté-je.

— Oh! s'il te plaît, profite…, répond-il en passant ses mains dans mon dos et sur mes hanches.

Je me laisse emporter par le plaisir que provoquent en moi ses caresses langoureuses. Je lui enlève son chandail et détache son pantalon. J'ai très envie de sentir son corps nu contre le mien.

Je regarde un film avec Romain, sur son ordinateur, tout en mangeant de la pizza. Nous sommes installés sur un futon sous une couverture de laine tricotée. Nous avons fait l'amour une fois cet après-midi et une autre fois en début de soirée, ce qui nous a ouvert l'appétit. Romain est un excellent amant. Il ne manque pas de vigueur et est extrêmement attentif. Je suppose que malgré ses vingt et un ans il a déjà eu plusieurs partenaires... Le film s'achève. Il est presque 22 heures. Je me redresse.

— Il est temps que je rentre.

— Pourquoi tu ne restes pas dormir ici ? Tu es déjà dans le lit.

Je me laisse retomber contre l'épaule de Romain. J'accepte volontiers son invitation. Je n'ai aucune envie de retourner chez moi. Je suis épuisée, et la seule idée de devoir me rhabiller et de prendre ma voiture me paraît une épreuve insurmontable. En plus, je me sens bien avec Romain. Pour la première fois depuis plusieurs semaines, je suis heureuse.

Les rayons de soleil qui entrent par la fenêtre de l'atelier me tirent du sommeil. J'ouvre doucement les yeux. Ma tête est appuyée sur la poitrine de Romain, qui me joue doucement dans les cheveux. Je sens de l'humidité contre ma joue. Je me lève brusquement. Misère ! J'ai dormi la bouche ouverte et j'ai bavé sur Romain. Je pousse un cri et attrape le drap pour l'essuyer.

— Mon Dieu, je m'excuse ! Ça ne m'arrive jamais, d'habitude ! Quel manque de classe !

La poitrine de Romain saute en battant le rythme de son fou rire. Il n'en finit plus de trouver ça drôle. Je me tourne sur le côté en me cachant la tête avec le drap.

— Élise, ne le prends pas comme ça. Ce n'est pas grave, me console-t-il en riant toujours.

— Maintenant, je vais être la fille qui t'a bavé dessus! La honte!

— Mais non..., répond-il en tirant le drap pour me découvrir. De toute façon, 100 % des filles que j'ai ramenées ici m'ont bavé dessus.

— Je ne comprends pas.

— Tu es la première que j'invite ici. Je t'ai parlé de ma règle stricte à ce sujet...

— Ben voyons, dis-je en levant la tête.

— Je te le jure!

— Tu ne me feras pas croire... Un célibataire dans la vingtaine...

— Je connais tous les trucs pour me faire inviter chez les dames!

Je ris à mon tour en me remémorant comment il s'était proposé pour me raccompagner en taxi. Je me lève pour m'habiller. Je ne veux pas être en retard au travail et je dois passer chez moi pour me changer. Romain enfile ses vêtements et m'offre de marcher avec moi jusqu'à ma voiture, garée près de la boulangerie de Jacques. Lorsque nous arrivons à ma voiture, il m'enlace.

— Bon. Je te rappelle quand j'ai vingt-deux ans?

— Euh?

— C'est mon anniversaire la semaine prochaine, j'aurai donc vingt-deux ans quand je serai de retour d'Europe... Comme ça, tu auras moins l'impression de m'exploiter!

Je souris et l'embrasse avant de partir. Je le trouve tellement charmant.

— C'est le monde à l'envers: moi qui rentre seule et toi qui pars avec un bellâtre! s'esclaffe Marie.

Je suis en route vers le bureau et j'ai remplacé Jonathan par mon amie pour mes conversations matinales dans ma voiture.

— Une première sortie et tu as déjà rencontré quelqu'un !

— Oui, bon, c'était très bien, mais ce n'est pas sérieux.

— Mais tu as eu tellement de plaisir !

— On n'est pas rendus à la même place dans nos vies… De toute façon, il ne me rappellera pas.

— Pourquoi tu dis ça ? D'après ce que tu m'as raconté, il a l'air de *tripper* vraiment !

— Pour une aventure, peut-être… Mais qu'est-ce qu'il pourrait bien me trouver ? Je suis quand même pas mal plus vieille que lui…

— Tu exagères ! Et qu'est-ce que ça peut bien faire ? me coupe Marie avec exaspération.

— Dans l'absolu, ce n'est pas grave. Dans la réalité, c'est un super beau gars qui commence une carrière prometteuse. Il doit avoir envie de profiter de sa vingtaine et de rencontrer plein de filles. Moi, je suis déjà rendue ailleurs. Je vais avoir trente ans et je veux quelque chose de stable. Sans parler des bébés…

— Je te trouve un peu négative.

— Jonathan m'a dit que je « tuais la magie ».

— Oh, lui, il m'énerve !

— De toute façon, je lui ai bavé dessus, alors…

— Quoi ?!

4

Trekkie un jour, trekkie toujours

Je mange un sandwich dans la grande cafétéria d'Eos Aéronautique en bavardant de tout et de rien avec Sandrine. Benjamin est assis à côté de nous mais ne participe pas à la conversation. Il est concentré sur sa lecture du journal sur sa tablette. J'aperçois Frédéric Tremblay qui s'approche de notre table. Il s'agit d'un représentant de fournitures électroniques travaillant pour une grande société qui fait souvent affaire avec la nôtre. Il passe beaucoup de son temps dans nos locaux, ce qui est malencontreux. C'est un être insupportable qui court après tout ce qui porte une jupe. Je fais mine de ne pas le remarquer, espérant qu'il continuera son chemin. Mon stratagème échoue; Frédéric s'arrête à côté de moi.

— Salut, les filles! Élise, Élise… Tu sais que tu es vraiment trop belle pour être ingénieure? lance-t-il sur un ton doucereux.

— Ben là! C'est chien! lance Sandrine, qui est aussi ingénieure.

— Pas besoin de te fâcher, Sandrine, il y a de la place pour vous deux dans mon lit! Je pourrais facilement vous gâter, les cocottes, répond-il en esquissant un mouvement suggestif avec sa langue.

Sandrine et moi ne pouvons retenir un rictus de dégoût. Benjamin lève les yeux et lui envoie un regard désobligeant.

— Fred, t'es un épais. Va-t'en.

— *Come on*, Benjamin. Sois plus *cool*!

— Pas de «*come on*», réplique-t-il d'un ton autoritaire à faire trembler le plus coriace des durs à cuire. Je ne sais pas comment ça se passe dans ton entreprise, mais ici, de la *cruise* plate et non sollicitée, ce n'est pas toléré. Compris?

Frédéric n'ose même pas répondre et s'esquive la queue entre les jambes.

— Non mais, tu parles d'un fatigant! lâche Benjamin lorsqu'il est parti.

Sandrine et moi lui répondons par un sourire. Il peut vraiment être un prince, notre chef d'équipe. Il rougit légèrement.

— J'ai dit ça seulement parce que je veux vous garder pour moi tout seul, plaisante Benjamin en nous envoyant un clin d'œil avant de retourner à sa tablette.

Il a tenté de camoufler sa véritable nature par sa plaisanterie, mais moi je sais très bien que derrière son allure décontractée se cache un homme droit qui ne tolère aucun écart de conduite pouvant être le moindrement irrespectueux.

Je suis en pleine séance de *zapping* devant ma télévision. Il n'y a rien d'intéressant à regarder. J'ai mangé un reste de pâté chinois pour souper. Je m'étais d'abord installée à ma table de cuisine. Bizarrement, elle m'a semblé trop grande pour moi toute seule. C'est la première fois que j'ai une telle impression, moi qui ai pourtant l'habitude des repas en solitaire. J'ai finalement terminé mon plat sur le sofa. Je me sens triste. J'ai passé un week-end très rempli et en bonne compagnie, ce qui a pour effet pervers d'amplifier le sentiment de vide que je ressens au fond de moi. Je n'en peux plus d'être seule. Car même avec Jonathan j'étais seule… Je me suis beaucoup amusée avec Romain. J'aimerais que ça continue. J'ai envie de l'appeler, mais je sais que je ne peux pas, puisqu'il est en Europe. Qu'est-ce que je peux être pathétique : je passe un peu de temps avec un gars que je viens de rencontrer et déjà je suis accro. Non mais, vraiment ! Je ne peux pas encore m'embarquer dans une histoire qui n'a pas d'avenir.

Je dois suivre le plan que je me suis tracé. Accepter les nouvelles expériences, rencontrer le plus de gens possible, m'amuser et trouver le bon partenaire. Je me convaincs que je suis sur la bonne voie et relègue Romain à un plaisir éphémère, sans plus. Je décide d'aller me coucher.

Je me déshabille dans la salle de bain. Je remarque une tache sombre sur ma petite culotte, que j'ai laissée tomber sur le sol. Je la ramasse comme s'il s'agissait du saint Graal. C'est du sang ! Hourra ! Tous mes soucis se dissipent instantanément. J'ai mes règles ! Je danserais une gigue. J'essaie de ne pas trop m'emporter, car ce n'est peut-être que passager.

J'attends derrière Simon que le barman nous remette des autocollants à nos noms. J'avais fait part à mon ami et collègue de mes nouvelles résolutions. Il a réagi avec beaucoup d'enthousiasme – trop même – et s'est immédiatement mis à établir la liste des activités que je devais « absolument » faire. Il s'est alors demandé où se trouvaient les hommes. Je lui ai répondu à la blague : « Agglutinés autour de la table de *babyfoot* alors que les filles s'évertuent à faire les belles, assises au bar. »

Il a d'abord proposé que je m'inscrive à des cours de danse ou de langue. Mais nous avons convenu que, malheureusement, ces cours sont principalement suivis par des femmes. J'ai par la suite rejeté catégoriquement son idée de m'adonner au *paintball*. De toute façon, qui est-ce que je pourrais bien rencontrer là? Des adolescents débordant de testostérone? Simon a ensuite tenté de me convaincre de prendre des vacances et de faire un voyage organisé. J'ai refusé, n'ayant aucunement l'intention d'avoir un baby-boomer comme conjoint. Il m'a expliqué qu'il existe des croisières pour jeunes célibataires. Je lui ai demandé de trouver quelque chose qui n'exige pas que je débourse 2 000 dollars. Il a alors crié au génie avant de me dévoiler avec excitation l'activité par excellence : le *speed dating*. Mon estomac s'est immédiatement noué. Je n'ai clairement pas la personnalité pour me soumettre à un tel exercice. Emballé par son idée, Simon a insisté toute la journée. N'ayant aucun autre argument à lui opposer, outre le fait que je ne suis pas *game*, et puisque je commençais à craindre que les autres membres de mon équipe entendent ses supplications, j'ai finalement consenti. J'ai toutefois émis la condition obligatoire et non négociable qu'il m'accompagne.

Une autre raison m'a poussée à accepter : le retour de mes règles. Depuis leur réapparition, au début de la semaine, je ressens une forte pression. J'ai le sentiment que je me dois de faire tous les efforts possibles pour rencontrer quelqu'un. Je dois me dépêcher, car je ne sais pas pour combien de temps je serai encore fertile. Plusieurs mois ou plusieurs années?

Me voilà donc, un mercredi soir, dans un bar branché du centre-ville, avec mon prénom écrit en majuscules sur ma poitrine.

Je suis très gênée et ne sais pas où me mettre. Il reste quinze minutes avant le début de la séance. Je n'ose regarder personne dans les yeux. Comment agir?

Je les salue du regard? Je leur lance: «Coucou, nous allons avoir trois minutes pour nous connaître»?

Pour nous inscrire, Simon et moi avons dû remplir un questionnaire détaillé décrivant nos traits de personnalité et nos aspirations. Les organisateurs les utilisent afin de créer des groupes de personnes qui ont des affinités et maximiser nos chances de rencontrer un partenaire compatible. Y en a-t-il un pour moi parmi ces messieurs? Je balaie la salle d'un coup d'œil furtif. Je suis étonnée par la qualité des personnes présentes; chacun s'est mis à son meilleur. Pour ma part, j'ai passé un temps fou à choisir ma tenue. Je suis demeurée confondue devant plusieurs ensembles que j'avais étalés sur mon lit. Comment s'habiller pour ce genre d'activité? Je ne voulais pas être *trop* ou *pas assez*: sexy, décontractée, formelle, sportive, chic, etc. J'ai finalement opté pour une robe noire et simple qui met ma silhouette en valeur.

J'en suis à ma quatrième rencontre. Il s'appelle Michel. Je sens bien, comme pour les autres, que je suis en train de perdre son intérêt. Au départ, lorsqu'ils se trouvent assis devant moi, mes interlocuteurs ont une première réaction très favorable. Mais ils déchantent vite lorsque je leur mentionne que j'aimerais avoir des enfants *bientôt* – tout en me gardant bien d'entrer dans les détails et de leur parler de l'urgence.

Et puis ils ne semblent pas très allumés par ma profession, comme si ça les intimidait ou s'ils n'avaient rien à dire à ce sujet. Contrairement à moi, la fille assise à ma droite fait un véritable tabac. D'après ce que j'ai compris, elle travaille en communication. En plus, elle s'exprime avec aisance et sur un ton enjoué plein de légèreté. Malgré tous mes efforts, je ne peux cacher tout à fait le cynisme qui émane de moi. Je ne peux m'empêcher d'être trop directe, terre à terre et légèrement ironique. J'ai l'impression de perdre mon temps et je commence à m'impatienter. Je me sens rejetée. L'énergie que je dépense pour me rendre attrayante à leurs yeux est de toute évidence gaspillée. Je ne peux quand même pas changer complètement ma personnalité et usurper celle de ma voisine. Le maître de cérémonie fait sonner la cloche. Les hommes se lèvent pour changer de partenaire. Michel me salue avec flegme avant de me quitter. Il aurait au moins pu essayer de cacher son indifférence, histoire de préserver un tant soit peu mon orgueil. Je suis insultée. L'irritation me gagne complètement. Comme un petit animal effarouché, j'ai envie de mordre. Je décide d'en finir avec les fioritures et d'être le plus honnête possible. Comme ça, si un des participants s'intéresse à moi, ce sera pour de vrai. Un autre homme s'assoit devant moi. Il se présente en souriant.

— Bonjour, je m'appelle Éric. C'est la première fois que je fais du *speed dating*, alors je suis un peu intimidé... J'ai trente-quatre ans et je travaille comme comptable dans une entreprise de la Rive-Nord. Et toi?

— Enchantée, Éric. Moi, c'est Élise. J'ai vingt-neuf ans. Je suis ingénieure en aéronautique. Je capote sur *Star Trek* et la sci-fi en général. J'adore magasiner – je passe des week-ends entiers à ne faire que ça. Je suis sportive et j'aime courir des marathons. Par contre, je déteste regarder le sport à la télévision. J'aimerais avoir des enfants. Ma gynécologue m'a dit que ça pourrait être difficile, alors il faut que je me dépêche – il faudrait que ce soit dans l'année qui vient. J'ai toujours été déçue dans mes relations amoureuses. Mon ex-chum m'a laissée il y a environ deux mois. Il trouvait que je l'entreprenais trop et que je l'empêchais de se sentir « homme ». Alors je me suis dit que je n'avais pas de temps à perdre et que je devais faire le plus de rencontres possible. Je n'ai pas d'animaux à la maison, mais les vidéos de chatons, sur Internet, je trouve ça vraiment drôle. Quoi d'autre ? Hum… Ah, oui ! Évidemment, je suis féministe.

Éric me regarde, interdit. Il attrape son verre de vin et en avale d'un trait la moitié. J'y suis peut-être allée un peu trop fort… Je ne peux pas lui en vouloir de penser que je suis un brin déséquilibrée. Qui se présente ainsi lors d'une première rencontre ? Au moins, je me sens mieux… Apaisée. Comme si cela m'avait défoulée. Mon vis-à-vis ne dit toujours rien. Un malaise s'installe. Éric se tourne vers le maître de cérémonie et lui fait signe en pointant un doigt sur sa montre. Il veut savoir combien de temps il reste. Seigneur, ça va être long !

La cloche sonne enfin et Éric se lève d'un bond. Pour le prochain participant, je décide de me calmer et d'y mettre un peu plus de douceur. Tant qu'à être ici, je devrais jouer le jeu, me raisonné-je mentalement.

Je suis agréablement surprise lorsque mes yeux se posent sur mon nouveau « rendez-vous » ; quel homme magnifique ! Il pourrait facilement jouer dans une annonce publicitaire de rasoirs pour homme. Il doit certainement avoir perdu un pari pour se retrouver à faire du *speed dating* ! Je me sens soudain plus disposée à faire des rencontres et je lis son nom sur l'étiquette qu'il porte.

— Bonjour, Philippe ! Je m'appelle Élise, j'ai vingt-neuf ans et je travaille…

— Je sais, j'ai entendu la présentation que tu as faite au gars précédent…

— Au complet ?

— Oui.

Quelle misère ! Évidemment, le plus bel homme du Québec a entendu ma très agréable et édifiante présentation ! C'est ma punition pour avoir « pogné les nerfs ». Je ne trouve absolument rien d'intelligent ou de sexy à lui répondre pour me justifier. « C'est parce que j'étais frustrée de me faire rejeter » ? Non, ça ne m'aiderait pas, au contraire. Je ne peux même pas me défendre en lui disant que c'étaient des mensonges, puisque ce n'est pas le cas! Je me résigne à vivre un autre interminable et pénible trois minutes.

Simon et moi marchons dans la rue adjacente au bar qui a organisé la soirée de *speed dating*. Aucun de nous n'a été sélectionné par un autre participant.

— J'ai même été rejetée par le gars qui louche! Peux-tu le croire? «Je veux avoir des enfants *bientôt*», c'est si terrible que ça? Je pense que j'aurais eu plus de succès si je leur avais dit que j'avais l'herpès génital!

Simon s'esclaffe.

— Moi, ce n'est pas mieux: «Je suis infertile et je ne veux pas d'enfant.» C'est comme si on faisait les Olympiques spéciaux du *dating*!

— Non mais, c'est vraiment ça, le marché de la rencontre? Des hommes qui ne veulent pas d'enfants et des femmes qui, elles, en veulent? Est-ce que ça pourrait être plus stéréotypé?

— Mais non... La plupart des gars que je connais en veulent, des enfants. C'est moi l'exception, dans le fond. C'est juste que les hommes ne veulent pas nécessairement en avoir *tout de suite* avec une femme qu'ils *viennent* de rencontrer...

— Mais moi non plus, je n'en voulais pas *tout de suite,* avant! répliqué-je, froissée.

— Tu mets le doigt sur le problème. Les hommes ont plus de temps que les femmes.

— Et moi, j'en ai encore moins que les autres, dis-je en secouant tristement la tête.

Je suis debout avec un plat de pâtes bien rempli dans les mains. Je sers mes amies, qui sont installées à ma «grande» table de cuisine. Ces derniers temps, j'angoisse à rester seule chez moi. Je m'organise alors pour avoir de la compagnie ou pour sortir.

— C'est quand, déjà, ta première échographie ? demandé-je à Sara en terminant de remplir son assiette.

— Dans deux semaines. Je suis tellement stressée !

— Pourquoi ? Tu t'inquiètes pour le bébé ? s'enquiert Marie.

— Non. Je n'ai pas de raison. J'ai entendu son petit cœur battre et mon médecin m'a dit que tout allait bien.

— Alors, qu'est-ce qui se passe, ma chouette ? l'interrogé-je en allant m'asseoir.

— C'est ma date butoir pour l'annoncer au bureau. Juste d'y penser, j'en ai des nausées… Je sais très bien ce qui arrive aux filles, après ça !

— Mon Dieu, tu parles comme si on allait t'envoyer au bûcher ! s'exclame Marie.

— Presque ! Dans les grands cabinets d'avocats, lorsqu'ils apprennent qu'on est enceinte, c'est un peu la panique. Ils agissent comme s'ils venaient de perdre un joueur pour toujours. Et bye bye les mandats ! Plus personne ne veut déléguer des dossiers à la femme enceinte !

— Mais tu as des clients aussi ! Tu ne dépends pas seulement des dossiers des autres avocats, souligné-je.

— Et ils seront fous de joie lorsqu'ils vont apprendre que je ne pourrai plus m'occuper d'eux pendant mon congé ! ironise-t-elle.

— Oh, mais ils vont comprendre ! dis-je avec encouragement.

— J'espère, sinon je risque de les perdre. J'en connais un, au bureau, qui ne rêve que de me voler mes clients…

— Tu ne crois pas que tu t'en fais trop, Sara ? Peut-être que c'est moins pire que tu le penses ? lui demande Marie avec une pointe d'espoir.

— Malheureusement non. La grande majorité des femmes dans mon bureau qui ont eu des enfants ont soit quitté, soit accepté de faire des tâches plus administratives – en mettant une croix sur le titre d'associé.

Il n'y a pas seulement la période où tu t'absentes qui pose problème, le retour est difficile aussi. Les heures de boulot sont très exigeantes, rendant la conciliation famille-travail presque impossible.

— Mais ça n'a pas de sens, c'est injuste! m'emporté-je.

— C'est seulement une question de chiffres et de rendement. J'occupe un bureau dans un édifice qui coûte très cher le pied carré. La seule chose qui compte, c'est le chiffre d'affaires que je peux apporter. Il y aura toujours un autre avocat qui sera prêt à prendre ma place et à faire les heures nécessaires. J'ai un emploi prestigieux et très payant, mais qui est convoité par un grand nombre de professionnels compétitifs. J'ai toujours joué le jeu avant, mais maintenant...

— Demande conseil. Il doit bien y avoir une ou deux femmes associées qui ont des enfants, dans ton cabinet, lui suggère Marie.

— Il y en a, mais pas dans mon secteur. C'est quand même une bonne idée. Je les inviterai à luncher après ma grande annonce. Toi, Élise, chez Eos, ça se passe comment pour les femmes enceintes?

— Quand ils apprennent la nouvelle, les patrons organisent une fête...

— J'aurais dû devenir ingénieure plutôt qu'avocate! J'étais juste trop pourrie en maths...

— Je ne sais pas, Sara. Tu aurais dû voir le visage des gars, à la soirée de *speed dating*, lorsque je leur disais que j'étais ingénieure...

— Ah oui, parce que tu penses qu'avocate c'est mieux?

— Dans le fond, c'est «comédienne», la meilleure réponse! N'est-ce pas, Marie? dis-je en rigolant. Je pense que si tu avais été là, les autres filles auraient fait un «putsch» pour que tu partes!

— N'importe quoi!

— Non, non! Tu aurais fait un véritable malheur! continué-je.

— C'est certain que, *moi*, je n'aurais jamais dit que j'aime les vidéos de chatons sur Internet! réplique-t-elle d'un ton moqueur.

— Heille! C'est toi qui m'en envoies le plus souvent! Bon, trêve de plaisanteries. Qu'est-ce que vous faites dimanche prochain?

Mes deux amies me répondent qu'elles n'ont rien de prévu.

— C'est que mon père adore les émissions de science-fiction et, justement, il y a une convention de *trekkies* à Montréal...

— *Trekkies*? interroge Sara.

— Des fans de *Star Trek*, réponds-je en me raclant la gorge. Et j'aimerais faire une surprise à mon papa et l'y emmener. Vous savez, il est lourdement handicapé...

— Mais c'est un piège! s'indigne faussement Sara. Tu nous demandes d'abord si on est libres pour ensuite nous dévoiler l'activité en question, et en plus tu utilises sans aucun scrupule le handicap de ton père pour nous attendrir. C'est scandaleux!

— Tu as tout compris, Sara! Alors, vous voulez venir avec moi? Pour me faire plaisir?

— Moi, j'y vais! déclare Marie avec enthousiasme.

— Quoi? s'étonne Sara.

— Oui. J'ai déjà vu un documentaire sur les *trekkies* et je me suis dit que j'aimerais aller à l'une de leurs conventions. Je veux vivre cette expérience. Est-ce que tu as des costumes?

— Je m'y suis prise trop à la dernière minute. Tout a été dévalisé...

— Ne t'inquiète pas, je m'en occupe. Je vais appeler une costumière que je connais, demain. Elle a accès à tous les costumes imaginables.

— Penses-tu pouvoir dénicher celui du capitaine Jean-Luc Picard pour mon papa? Comme il a le crâne rasé, ça serait parfait. Pour moi, prends ce que tu trouves!

— Non mais, je rêve ? lance Sara, ahurie.

— Allez, Sara, viens avec nous, implore Marie. On va s'amuser et tu vas vivre quelque chose d'unique.

— Oui ! continué-je. En plus, ça te fera quelque chose à raconter à ton enfant plus tard !

— Bon, d'accord..., abdique Sara. Mais il est absolument hors de question que je me déguise !

***

Je suis avec mon père, bien installé dans son fauteuil roulant, à côté du stand d'information. Nous attendons que mes amies arrivent. Le Palais des congrès est bondé et l'atmosphère est chargée de frénésie. Mon père déborde de joie. Je suis passée le voir, hier, avec les costumes que Marie nous a trouvés, pour lui annoncer notre grande sortie. Je crois bien avoir aperçu des larmes dans le coin de ses yeux, tellement il était content. Son costume lui va parfaitement. Moi – comme beaucoup d'autres femmes ici –, je porte la petite robe rouge et ajustée d'Uhura. Je la trouve un peu trop courte...

— *Wow*, Élise ! Je n'aurais jamais pensé te voir ici. Beau costume !

Je me retourne subitement. Pascal est devant moi. Il porte des vêtements ordinaires. Il semble trouver très amusant de me voir dans mon accoutrement futuriste. Misère ! Je risque d'en entendre parler au bureau lundi.

— Salut, Pascal ! Tu aimes *Star Trek*, toi aussi ?

— Pas autant que toi, on dirait ! répond-il en riant.

Je lui présente mon père. Pascal lui fait la conversation. Il est gentil et lui dit à quel point je suis formidable au travail. Après quelques minutes, il nous quitte en nous souhaitant une bonne convention. Mes amies arrivent enfin. Je ris aux éclats lorsque je vois Marie. Elle porte un « une pièce » dont le tissu moulant et extensible est noir et or. Sara, comme prévu, n'est pas déguisée. Par contre, en arrivant à ma hauteur, elle envoie sa longue chevelure derrière ses épaules, dévoilant des oreilles pointues de Vulcaine. Je tape des mains avec joie.

— Tu les as trouvées où, tes oreilles? lui demandé-je.

— C'est Vincent qui les avait. Moi aussi, je peux passer pour une *trekkie* : « Que la Force soit avec vous », lance Sara avec une grosse voix en faisant un signe bizarre avec sa main.

— Euh… Sara, tu mélanges tout. La Force, c'est dans *Star Wars*…

Je dépose sur ma table de chevet une photographie de mon père avec mes amies et moi dans un décor de l'*Enterprise*. J'ai passé une excellente journée, mais surtout, mon père était aux anges. Je me laisse tomber sur mon lit. Je suis vannée. Ce n'est pas facile, les sorties avec lui. Il faut d'abord organiser le transport adapté. Ensuite, à destination, tout est plus compliqué. Nous avions de la difficulté à circuler dans les allées de la convention. Se déplacer en fauteuil roulant dans une foule, ce n'est pas évident. À certains moments, nous étions complètement coincés. Par contre, mon père n'a jamais perdu son sourire. Je n'ai assurément pas hérité de son infinie patience.

Je pense que les filles se sont bien amusées également. L'ambiance était à la fête. Toutes les personnes que nous avons rencontrées étaient agréables et combien passionnées. Nous avons pu manipuler une multitude d'objets « futuristes » rigolos. Nous avons même participé à une dégustation de nourriture pour astronaute. Alors que nous essayions des lunettes à infrarouge, un homme costumé a abordé Sara en lui parlant dans une langue étrange. Elle m'a agrippée par le bras en me demandant si c'était du russe. J'ai dû lui expliquer que c'était du klingon et qu'il désirait un rendez-vous avec elle. Non que je comprenne le klingon, mais je reconnais le geste international – ou plutôt intergalactique, en l'occurrence – d'un homme qui tend son numéro de téléphone à une femme. J'ai cru que Sara allait s'enfuir en hurlant lorsqu'elle a compris qu'il s'adressait à elle dans une langue inventée pour une série télévisée.

***

Je regarde avec un fournisseur différents recouvrements de cuir pour des fauteuils. Nous avons eu des problèmes avec les sièges d'un jet acheté par un client qui avait demandé une texture de type « peau de crocodile ». Après seulement quelques mois, des craquelures sont apparues dans le cuir. Le fournisseur m'explique en détail les propriétés et qualités des différents recouvrements possibles. Je m'assure avec lui que les caractéristiques exigées sont bel et bien présentes. Je consulte ma montre. Je vais être en retard pour la présentation de notre nouvelle campagne publicitaire. Je remercie mon interlocuteur et lui dis que je vais le rappeler prochainement pour une nouvelle soumission faite à partir de l'un des matériaux proposés.

Je marche rapidement en direction de l'une des salles de conférences de l'immeuble où je travaille. J'entre et prends place à côté de Simon. Benjamin est debout devant un grand écran. C'est lui qui est chargé de présenter les nouveaux outils promotionnels à mon équipe, la GEC, mais également aux départements de la Production et des Plans et devis.

— Je pense que tout le monde est arrivé, commence-t-il. Nous allons pouvoir débuter. Vous allez voir, la nouvelle campagne est superbe. Je vais d'abord vous montrer les affiches publicitaires.

Benjamin appuie sur un des boutons d'une petite télécommande. Une image est projetée sur la grande toile et tous éclatent de rire. Il ne s'agit pas d'une photographie d'un jet, mais de moi en déguisement à la convention sur *Star Trek*. Sur la photo, j'ai un sourire béat et je tape dans mes mains. J'ai l'air d'une fillette qui rencontre sa princesse préférée à Disney World. Je me tourne brusquement vers Pascal, qui se tord de rire sur sa chaise. Quelle trahison! Il a dû me photographier à mon insu avec son cellulaire alors que je me réjouissais des costumes de mes amies. Des commentaires comiques fusent de partout. J'entends même quelqu'un fredonner l'air du générique de l'émission. Je me sens rougir.

— Est-ce que tu t'habilles comme ça chez toi aussi? me demande à la blague Étienne, des Plans et devis.

— Moi, je trouve ça pas mal *cute*, cette petite robe-là. Ça devrait devenir le costume obligatoire pour toutes nos employées! réplique Luc.

— Élise, est-ce que tous tes amis sont des Terriens ou tu en as qui viennent d'autres galaxies? plaisante Claude de la Production.

— OK, OK, c'est beau. Vous m'avez bien eue! dis-je en riant à mon tour. Est-ce qu'on peut passer à autre chose maintenant? J'aimerais bien la voir, cette nouvelle campagne publicitaire!

***

Je déverrouille la porte de mon condo et enlève mes chaussures. Le silence qui règne chez moi me rend immédiatement morose. J'allume le téléviseur et trouve une chaîne musicale. Je ne sais pas ce qui m'arrive, mais je ne supporte plus la solitude. Je me dirige lentement vers le frigo. Je n'y trouve rien d'intéressant à manger. Je n'ai pas envie de faire la cuisine pour moi seule. Je décide de commander des mets asiatiques. Quarante minutes plus tard, le livreur sonne. J'ouvre. Je lui fais la conversation. Rapidement, je réalise par ses réponses trop succinctes qu'il est pressé de repartir. Misère! Je m'ennuie tellement que je prends un livreur en otage à grands coups de questions banales sur la pluie et le beau temps…

Au bureau, je termine la mise à jour de ma base de données colligeant les échéanciers de mes différents projets. Au moins, lorsque je suis au travail, je suis occupée et je me sens bien entourée. Benjamin entre. C'est le dernier à arriver, étant en retard d'une vingtaine de minutes.

— Est-ce que vous pouvez m'apporter vos fiches RAM? nous demande-t-il.

— On ne les a pas remplies, on t'attendait pour la réunion matinale, lui explique Simon.

— Quoi? Depuis le temps, il me semble que vous devriez savoir que vous devez faire la réunion avec un volontaire lorsque je suis absent! rétorque-t-il bêtement. J'ai l'impression d'être votre maîtresse d'école.

Nous échangeons des regards surpris face à l'attitude inhabituelle de notre chef d'équipe. Luc ferme le cahier dans lequel il écrivait et porte sa main à son menton.

— Qu'est-ce qui se passe, Benjamin? Des problèmes avec… je ne sais pas… Émilie?

— La seule chose que je vais dire à ce sujet, c'est que toutes les femmes sont folles!

— Heille! objecte Sandrine. Tu vas devoir t'expliquer, parce que ce n'est pas *cool* pour Élise et moi.

— OK, OK. Écoutez ça! Nous avons recommencé à nous voir le week-end dernier. Pour fêter notre réconciliation, hier, je l'ai invitée à aller voir les feux d'artifice dans le Vieux-Montréal. En plus, comme je suis un idiot, j'ai décidé de lui offrir un cadeau. Je me suis vraiment forcé. Je suis allé chez Tiffany et je lui ai acheté des boucles d'oreilles. Ils les ont mises dans une petite boîte bleue avec un beau ruban…

— Oh non! Pauvre gars! s'exclame Luc, qui anticipe déjà la suite.

— Pendant les feux, je me suis tourné vers elle et je lui ai tendu la boîte. Émilie s'est immédiatement figée…

— Ah misère ! Je sens que ça va mal finir…,
murmuré-je.

— Ouais… C'est à ce moment que j'ai compris que
mon geste pouvait être mal interprété…

— Elle a été triste de voir que ce n'était pas une
bague de fiançailles ? demande Sandrine.

— Non ! Elle était soulagée ! Autant que si on venait
de lui apprendre qu'elle n'allait finalement pas mourir
d'une maladie en phase terminale !

Luc ne peut s'empêcher de laisser échapper un gros
rire gras.

— Et ça t'a fâché ? m'enquiers-je.

— Ben oui ! Je lui ai demandé pourquoi elle semblait aussi heureuse que ce ne soit pas une demande en
mariage et elle m'a répondu que je n'étais pas « le genre
de gars qu'on marie », qu'elle ne me faisait pas confiance
et qu'elle ne croyait pas que je sois capable d'un tel
engagement ! Non mais, vraiment ! C'est insultant !

— Mais est-ce que tu veux te marier un jour ? le
questionne Luc.

— Non ! Es-tu malade ? répond promptement
Benjamin.

— Donc elle n'a pas tort…, réplique Sandrine.

— Non, mais il y a quand même une limite à se le
faire dire de même en pleine face !

— Et ce sont les filles qui sont folles…, dis-je avec
ironie.

— Je lui ai demandé : « Comment ça, pas
confiance ? » Il ne faut pas charrier, quand même ! Elle
m'a dit que j'étais un « courailleux ». Je lui ai alors
répondu que j'étais loin d'être le seul homme avec qui
elle a couché, et c'est là que la marde a pogné… Bref,
on n'est plus ensemble et j'ai des boucles d'oreilles à
retourner chez Tiffany.

— Je vais les prendre, moi, si ça peut t'éviter de
faire une démarche douloureuse, lui suggère Sandrine.

— Merci infiniment pour ta grandeur d'âme, mais
je préfère ravoir mes 600 dollars !

— Ouaouh! Tu fais de beaux cadeaux, pour… un «courailleux»! lancé-je, moqueuse.

— Élise, tu me brises le cœur…

— Ça, c'était pour la photo de moi, au début de la présentation…

***

J'avance dans les allées de la grande épicerie, près de chez moi. Je jette nonchalamment des produits dans mon panier : des lasagnes en portions individuelles, des quiches en portions individuelles, des tartes en portions individuelles, des plats surgelés en portions individuelles… Je déteste faire l'épicerie. Mon téléphone sonne. Numéro inconnu. Je réponds quand même. C'est Romain qui m'appelle de Paris. Il me dit qu'il part demain pour l'Allemagne et que son voyage risque de se prolonger un peu, puisque son éditeur a prévu une rencontre avec une maison d'édition anglaise. Nous discutons pendant quelques minutes tout en riant. Il me dit enfin qu'il va m'appeler sans faute à son retour. Je suis agréablement surprise par cette délicate attention. Ça me fait du bien de savoir que quelqu'un pense à moi. Je souris en me plaçant dans la file d'attente pour passer à la caisse. Je demeure toutefois sur mes gardes et m'interdis de m'emballer. Je ne dois pas oublier la promesse que je me suis faite de ne plus me laisser entraîner dans des histoires sans avenir.

***

Assise à ma table de travail, j'essaie de me concentrer sur les plans corrigés que viennent de me transmettre les ingénieurs du département de la Production. Je repense aux trois semaines qui se sont écoulées depuis ma sortie avec mon père et mes amies. Toujours la même routine. Je me lève tôt, je vais au travail, je rentre chez moi, je mange mes repas en portions individuelles et je tourne en rond dans mon appartement. L'événement marquant pendant toute cette période : l'épopée de Benjamin et Émilie. Une histoire qui ne me concerne même pas. Je regarde l'heure ; l'après-midi achève. Alors que tous mes collègues se réjouissent du week-end qui s'amorce, j'angoisse à l'idée d'être seule chez moi. J'ai bien essayé de me trouver des activités pour ce soir ou demain, mais tous mes amis sont déjà pris. Marie m'a tout de même invitée à souper dimanche. Ce qui est bien. Par contre, les deux prochaines soirées s'annoncent longues et j'ai peur de déprimer, toute seule à la maison. J'irai encore rendre visite à mon père ; je pense que je coucherais là, si je le pouvais…

Mes idées sombres sont soudainement interrompues par les hurlements de Benjamin, debout à côté de Pascal. Il crie comme un enfant qui vient de voir le bonhomme Sept heures. Je me tourne brusquement vers lui. Benjamin s'époumone en pointant la main de Pascal, qui ne sourcille même pas. Sandrine, Luc, Simon et moi les regardons, interloqués.

— Mon Dieu, Benjamin, c'est quoi, le problème ? demande enfin Luc.

— Pascal, qu'est-ce qu'il y a après ton doigt ? s'écrie Benjamin dans tous ses états.

— C'est une bague, répond Pascal calmement.

— Et pourquoi cette bague est à ton annulaire gauche ?

La question de Benjamin a pour effet d'enflammer notre curiosité. Nous nous levons tous pour nous approcher de Pascal.

— C'est parce que je me suis marié, nous annonce-t-il tranquillement.

— Tu t'es MARIÉ ! s'exclame Benjamin. Avec qui ?

— Avec ma blonde.

— Tu as une BLONDE ? continue Benjamin.

— Seigneur, calme-toi, Benjamin, intervient Luc.
Et c'est une vraie fille ? Pas une poupée ou un robot ?

— Ha ha... très drôle, ironise Pascal.

— Mais arrêtez de dire des conneries et laissez-le
parler ! Je veux connaître les détails, dis-je impatiemment.
C'est qui, cette fille ? Tu t'es marié quand ?

— Elle s'appelle Marianne. Je l'ai rencontrée il y
a deux mois et on s'est mariés le week-end dernier, à
Vegas. Est-ce suffisamment de détails ?

— Quoi ? Tu t'es marié à Vegas avec une fille que tu
connais depuis seulement quelques semaines ? répète
Benjamin, qui n'en revient pas.

— Oui. Il faut dire qu'on était un peu soûls...

— Tu étais ivre ? Tu as consommé de l'ALCOOL ?
Ça y est, mon monde s'écroule... Elle est où, notre
caisse de bières de réserve ? nous demande Benjamin.
J'ai besoin d'un remontant.

— Est-ce que tu habites avec elle ? poursuis-je en
ignorant mon chef d'équipe.

— On vient tout juste d'emménager ensemble.

— Mais tu vas annuler ton mariage, n'est-ce pas ?
le questionne Benjamin sur le ton qu'emploie un
père qui vient d'apprendre que son adolescente est
enceinte.

— Pourquoi je ferais ça ?

— Bien, parce que tu t'es marié soûl avec une fille
que tu viens de rencontrer !

— Je l'aime.

— Tu l'aimes, tu l'aimes ! Tu ne te rends pas compte
de l'engagement que tu viens de prendre ? le réprimande Benjamin.

— Vous savez, le monde des sentiments, ce n'est
pas mon fort. Je vous entends sans cesse mémérer
sur vos histoires amoureuses complexes et, sincèrement,
je n'y comprends rien. La seule chose que je
sais, c'est que je trouve Marianne formidable. Elle est
belle, intelligente, gentille et je me sens bien quand
je suis avec elle. C'est simple comme ça. Je l'aime. Je

ne vois pas pourquoi je me casserais la tête avec des questionnements hypothétiques futiles. Je suis heureux avec Marianne et elle est heureuse avec moi. La seule conclusion logique est de nous marier et de vivre ensemble.

— Incroyable! La sagesse même qui parle! lâche Luc très sérieusement.

Je suis émue par les paroles de Pascal. Je ne connaissais pas cette facette de lui. Je m'amuse à l'imaginer faire des câlineries à sa nouvelle épouse. Je remarque alors que de grosses larmes coulent sur les joues de Sandrine, qui n'a pas soufflé un mot depuis la grande annonce. Mon regard attire l'attention de Pascal sur elle. Il se lève pour aller à ses côtés.

— Ça va, Sandrine? lui demande-t-il timidement.

Cette dernière hoche doucement la tête, mais éclate en sanglots. Elle le prend dans ses bras et lui dit: «Pascal, je suis tellement heureuse pour toi.» Celui-ci l'enlace à son tour, nettement touché.

— Bon, ça y est. C'est moi qui vais pleurer maintenant, lance Benjamin, attendri devant ses deux collègues. Elle est où, cette bière?

5

Un vent de débauche

près la grande révélation de Pascal sur son état matrimonial, Benjamin a fortement insisté pour qu'on aille fêter ça chez lui tout de suite après le travail. Il a même forcé la main de Simon et de Sandrine, qui avaient déjà des plans pour la soirée. Puisque mon chef d'équipe habite la même rue que moi, j'en ai profité pour faire un court arrêt à mon condo afin de me changer. Je troque mon chemisier et mon pantalon contre une robe d'été légère; il fait tellement chaud!

Nous sommes tous installés sur la grande terrasse de Benjamin, qui fait griller des boulettes de viande et des saucisses sur le barbecue. Je suis assise confortablement dans une grande chaise en bois, à l'ombre sous un immense parasol qui surplombe une belle table en teck. Je déguste avec Sandrine un excellent vin rosé.

— C'est dommage qu'on n'ait pas nos maillots, on aurait pu profiter de ta piscine creusée! lance Luc à Benjamin.

— Tu peux y aller en sous-vêtement, si tu veux! répond Benjamin.

— Oh non! Il n'y a personne qui veut voir ça! plaisante Pascal.

— Sans blague, je peux prêter des maillots aux gars et Élise peut aller chez elle en chercher pour elle et Sandrine, si ça vous tente de vous baigner.

— Je n'ai pas envie de me baigner, réponds-je. Mais ça va me faire plaisir d'aller chercher un maillot pour Sandrine.

— Non merci, tu es gentille, mais je préfère rester ici à boire du vin, me dit-elle.

— Et vous, les gars? demande Benjamin.

À part Luc, personne ne veut se baigner et le projet «tombe à l'eau». Pour ma part, je n'ai aucune envie de me mettre en maillot devant mes collègues. D'autant plus que mon seul «une pièce» a rendu l'âme lors de mon dernier voyage de camping. Ce n'est pas que j'ai honte de mon corps, au contraire. Je trouve ça simplement trop intime. Être en bikini, c'est comme être en sous-vêtements, non? C'est une étape que je ne suis pas prête à franchir avec mes compagnons de travail.

— Attention, le verre de Pascal est vide! nous informe Luc. Vite, un autre gin tonic!

— Merci, mais une consommation, c'est suffisant pour moi...

— Non, non, non! Tu étais soûl à ton mariage, tu vas être soûl à ton enterrement de vie de garçon! ordonne Luc en remplissant son verre.

— Comment ça, un enterrement de vie de garçon? interroge Benjamin. Il est déjà marié!

— On fait ce qu'on peut avec ce qu'on a! argumente Luc.

Le soleil s'est couché depuis plus d'une heure, et la température accablante de la journée est devenue douce et agréable. Nous avons mangé avec appétit les hot-dogs et hamburgers servis par Benjamin. J'ai raconté pour la millième fois le détail de mes échecs amoureux à Sandrine qui, étonnamment, semblait être totalement captivée. C'est désormais à son tour de me faire avec beaucoup d'éclat le bilan de sa vie amoureuse. Nous rions à chacune de ses infortunes, qui ressemblent malheureusement aux miennes. De leur côté, les garçons s'efforcent de faire boire des *shooters* à Pascal. Le pauvre, encore deux ou trois verres et il risque de ne plus être capable de se tenir debout. Pour l'instant, il paraît s'amuser follement avec ses trois collègues. Il faut dire que la soirée est splendide. Sandrine attrape une des bouteilles de vin qui traînent sur la table. Elle est vide. Même chose pour les autres.

— Benjamin, est-ce qu'il te reste du vin? lui demande-t-elle.

— Non, c'est bête. Mais je peux vous faire des cocktails...

— Je ne veux pas mélanger les alcools, ça finit toujours mal, répond-elle. Quelle heure est-il? J'ai probablement le temps d'aller en acheter au dépanneur.

— Surtout pas! Je vais aller en chercher une chez moi, ça va être meilleur, dis-je en me levant.

Après m'être obstinée avec Sandrine, qui insistait pour y aller à ma place ou pour m'accompagner, je quitte mes collègues et marche seule en direction de mon condo. Je prends deux bouteilles de vin que j'avais laissées au réfrigérateur et repars. J'entre chez Benjamin, traverse la cuisine et passe la porte-fenêtre qui donne sur la terrasse. Une fois à l'extérieur, je constate qu'il n'y a personne et aucun bruit. Que c'est étrange. Je me tourne pour rentrer à l'intérieur, mais Benjamin fait son apparition dans le cadre de la porte. Je le regarde, un peu surprise.

— Où sont les autres?

— Ils sont partis.

— Quoi ? Aussi vite ? Je me suis absentée quoi, quinze minutes ?

— Pascal a commencé à se sentir mal ; il a vomi dans mes platebandes... Nous lui avons appelé un taxi, mais il avait trop de difficulté à marcher. Simon et Sandrine sont montés avec lui et Luc vient tout juste de quitter. On a essayé de t'appeler, mais tu as laissé ton téléphone ici, me répond-il en me montrant mon appareil, qu'il tient dans une main.

— Bon, ça finit en queue de poisson. Je suis allée chercher les bouteilles de vin pour rien.

— On peut prendre un dernier verre ensemble, comme ça tes efforts n'auront pas été vains, m'offre-t-il en appuyant une épaule contre le cadre de la porte.

Quel bel homme. Grand, la mâchoire carrée, les yeux bleu vif, les cheveux courts et blonds avec de légers reflets roux, un corps musclé et sculpté, une attitude généralement posée et en contrôle. Je réalise soudain pourquoi les femmes tombent par centaines à ses pieds. Mon imagination s'emballe et je me demande comment c'est, faire l'amour avec lui. Je suis certaine que ce doit être excellent. Je le visualise me soulevant par la taille pour me prendre sur la table. Ouf... Je pense que je devrais m'en aller. Ce n'est pas normal que j'aie des fantasmes à propos de mon chef d'équipe. Ce n'est peut-être pas raisonnable de rester prendre un verre avec lui.

— Alors, Élise ? me redemande-t-il en souriant.

Et puis pourquoi pas ? Juste un verre. Que pourrait-il arriver ? Il est encore tôt et je n'ai pas envie de me retrouver seule chez moi à broyer du noir. J'ai besoin de compagnie.

— D'accord, bonne idée, réponds-je enfin.

Je dépose les bouteilles sur la table et Benjamin en agrippe une pour l'ouvrir.

***

J'ouvre un œil. Je n'avais jamais remarqué que le plafond de ma chambre était aussi foncé... Je suis confuse. J'ai le cerveau embrouillé par les vapeurs d'alcool. Je passe une main sur mon visage. Je pense que je ne suis pas démaquillée. Qu'est-ce que j'ai fait, hier, déjà? Ah oui! Il y avait une fête chez Benjamin. BENJAMIN! J'ouvre grand les yeux. Misère! Je ne suis pas chez moi! Je lève la tête et aperçois les fesses d'un homme dépasser de la couverture. Les fesses nues de Benjamin... Des images de la soirée me reviennent et se bousculent dans mon esprit. Mon Dieu! Qu'est-ce que j'ai fait? Comment ce genre de chose peut-il m'arriver? La panique m'envahit. Je suis absolument incapable de gérer la situation. Il faut que je parte. Je me glisse hors du lit et sors de la chambre en catimini. Je découvre mon sac à main et mes vêtements en boule sur le sol de la cuisine. Mes sous-vêtements sont encore humides, vestiges de mon passage dans la piscine. Il ne me reste plus qu'à trouver mes souliers. Ils doivent être sur la terrasse. Je les déniche sous la table de bois. De retour dans la maison, je ferme doucement la porte coulissante. Je me retourne pour quitter et sursaute en laissant échapper un petit cri. Benjamin est appuyé contre la porte de sortie, les bras croisés, avec comme seul vêtement une minuscule serviette autour de la taille – première chose qui, semble-t-il, lui est tombée sous la main à son réveil.

— Tu allais t'enfuir comme ça?

— Oui, c'était pas mal mon plan.

— Je comprends, mais j'aimerais vraiment qu'on se parle avant. Tu sais, ce n'est pas parce qu'on a agi comme des adolescents hier qu'on ne peut pas régler ça comme des adultes ce matin.

— Tu as raison. Alors... euh... eh bien... je ne sais pas quoi dire.

— Laisse-moi commencer. D'abord, je tiens à m'excuser, me dit-il très sérieusement avec l'air de quelqu'un qui a commis une faute.

— Pourquoi ? lui demandé-je, étonnée.

— Je n'aurais pas dû te placer dans cette situation. Ce n'était pas approprié de ma part de...

— Écoute, Benjamin, je ne me rappelle pas très bien la soirée, mais je ne crois pas que tu aies été le seul à avoir un comportement inapproprié.

— Tu es certaine ?

— On a fini la première bouteille, puis j'ai beaucoup insisté pour ouvrir la seconde, et après tu nous as servi des cocktails, du moins je crois... Ah oui, ça me revient ! Et je pense que j'ai fait une crise pour qu'on aille dans la piscine.

— C'est vrai que tu voulais vraiment qu'on se baigne, dit-il en riant.

— Une fois dans la piscine, je ne me rappelle plus qui a embrassé qui en premier...

— Ça, c'est moi, me confie-t-il d'un ton coupable.

— Peut-être, mais après je t'ai dit quelque chose du genre : « Je veux que tu me fasses l'amour maintenant, sinon je vais mourir de désir. »

Ces paroles ont un effet sur lui et sa petite serviette attire mon attention. Je souris.

— C'est difficile pour toi de cacher tes émotions avec une aussi petite serviette.

— Seigneur ! s'exclame-t-il, mal à l'aise, en tentant de cacher son érection avec ses mains.

— Bref, je pense qu'on a une responsabilité partagée, continué-je pour détourner l'attention de son entrejambe.

— Oui, mais, Élise, c'est moi le chef d'équipe. C'était évident que tu avais trop bu. J'aurais dû être plus responsable et te ramener chez toi.

— Mais toi aussi, tu avais trop bu ! Je ne vais accepter qu'une responsabilité partagée !

— D'accord. Mais, Élise... Je ne veux surtout pas que ça change notre relation, m'avoue-t-il en me regardant dans les yeux.

— Moi non plus.

— On met la faute sur l'alcool et on oublie tout?

— Parfait pour moi! De toute façon, c'est déjà à moitié oublié, réponds-je.

— Moi non plus, je ne me rappelle pas très bien la soirée. C'est dommage, tant qu'à l'avoir fait...

Le commentaire de Benjamin installe un silence lourd entre nous. Je ne peux m'empêcher de le dévorer des yeux. Je le trouve encore plus beau que la veille. Pour ce qu'il m'en reste, je n'ai que de bons souvenirs de nos ébats. Benjamin me fixe également avec intensité. Je n'en peux plus. Je dois partir.

— Bon, je pense que je vais y aller...

Benjamin fait un pas de côté et je me dirige vers la porte. Je passe tout près de lui et effleure son bras du mien. Au lieu d'attraper la poignée, j'agrippe Benjamin par la taille et l'embrasse. Il me répond avec fougue, me soulevant et m'appuyant contre le mur. Sa peau est douce et chaude. J'ai l'impression que ses grandes mains masculines et habiles sont partout sur mon corps. J'avais raison, c'est un amant formidable.

***

— Donc, tu as passé tout le week-end à faire l'amour, résume Sara en rigolant.

— Pas tout à fait. Hier seulement. Aujourd'hui, j'ai dormi presque toute la journée. Je me suis levée pour venir souper avec vous...

— C'est pas mal mieux que ma fin de semaine! Moi, je suis allée chez ma mère. Elle est complètement folle à cause du bébé. Elle m'a fait tous les trucs de bonnes femmes imaginables pour savoir le sexe de Cachou...

— Cachou! Je trouve ça tellement mignon, le surnom que tu as donné à ton bébé! s'exclame Marie en nous desservant. Est-ce que vous voulez autre chose? Il me reste encore des fromages... J'ai aussi du gâteau.

Sara et moi refusons. Marie est une hôtesse fantastique qui nous sert toujours trop de tout.

— Alors, selon ta mère, quel est le sexe du bébé? demandé-je.

— En grande primeur, je vous annonce que je vais avoir… attention au suspense : un garçon *ou* une fille! — Quoi, ça n'a pas fonctionné? s'amuse Marie.

— Non. Selon ma mère, c'est à cause des ondes négatives qui émanent de ma personne. Ses techniques ne seraient efficaces que chez les femmes réceptives, et comme je n'y crois absolument pas…

— Pas de chance, tu vas devoir t'en remettre à la science, lance Marie en rigolant. Mais revenons à Élise, je veux avoir plus de détails. Je l'ai vu une fois ou deux, ce Benjamin, et je le trouvais pas mal *hot*! Alors, c'était bien?

— La première fois, je ne m'en souviens pas vraiment. Le lendemain matin, c'était pas mal du tout. Nous l'avons fait dans la plupart des pièces de sa maison… Le meilleur, c'était plus tard, sous la douche. Vous savez, il possède un pommeau de douche à effet de pluie…

— Houla! Et vous prévoyez vous revoir? me demande Sara.

— Je vais le revoir demain matin, au bureau… J'espère que ça ne causera pas de malaise. C'est mon chef d'équipe, après tout! Coucher avec lui, ce n'était pas très brillant de ma part. J'ai l'impression que je fais n'importe quoi, ces temps-ci…

— Mais on s'en fout, que ce soit ton chef d'équipe! objecte vigoureusement Marie. Pour une fois que tu te laisses aller et que tu t'amuses. Si tu voyais comment ça se passe dans mon milieu; tout le monde baise avec tout le monde!

— Est-ce qu'il t'intéresserait pour une relation, disons, à long terme? m'interroge plus sérieusement Sara.

— Je ne sais pas… Je ne crois pas. De toute façon, on s'est dit qu'il ne s'agissait que d'une simple aventure et qu'on n'en parlerait à personne.

— Et tu vis bien avec ça? s'inquiète Sara, qui ne peut ignorer ma propension à m'attacher rapidement.

— Étonnamment, oui. Je connais très bien Benjamin et je n'éprouve aucun sentiment amoureux pour lui... Après toutes ces années, je le saurais, non? Mais, les filles, si j'avais le clitoris à la place du cœur, je vous assure que je serais follement amoureuse!

Mes amies éclatent de rire. Marie en renverse son verre de vin.

— Regarde ce que tu me fais faire! s'esclaffe-t-elle en épongeant la table. Et entre Romain et Benjamin, quel est le meilleur au...

— Voyons, Marie! Jamais je ne comparerais deux gars au lit! Ça ne se fait pas du tout! Un vrai manque de classe et de délicatesse... Mais puisque vous insistez, je n'ai pas le choix de répondre Romain.

— Vraiment? s'étonne Sara.

— Benjamin est de toute évidence expérimenté et très habile. Mais, pour lui, je dirais que c'est plus un divertissement. Du genre: «On s'ennuie? Alors jouons aux fesses.» Je trouve que Romain est plus attentionné. Il m'a fait sentir extraordinaire, comme s'il était fasciné par chacune des parties de mon corps. Mais bon, ce sont deux histoires que je dois mettre derrière moi.

— Oh, Élise, ne sois pas aussi défaitiste..., supplie Sara.

— Je ne suis pas défaitiste, je suis réaliste. Ce n'est pas la même chose.

— Moi, je pense que tu t'autosabotes, avance Marie en me regardant droit dans les yeux. C'est comme pour le *speed dating*... Tu as peur de te faire rejeter, alors tu t'arranges pour que ça ne fonctionne pas.

— Tu as peut-être raison, soupiré-je. C'est tellement mon genre. Je vous le jure, les filles, que j'essaie de travailler sur moi. Mais sérieusement, Romain n'a que vingt et un ans... euh... vingt-deux maintenant. Et avec Benjamin, on s'est promis qu'il n'y aurait rien de plus... J'essaie de rencontrer d'autres gars. Je me mets beaucoup de pression pour provoquer des occasions où ça pourrait arriver, mais ça ne marche pas... Je me suis même inscrite à un site de rencontres. Le problème, c'est que je ne suis pas certaine de vouloir me retrouver seule avec un inconnu. Surtout qu'il y en a un qui m'a écrit des choses bizarres...

— Qu'est-ce qu'il t'a écrit? s'enquiert Sara.

— Il m'a demandé si j'aimais ça, l'odeur des oreilles, particulièrement lorsqu'on vient d'enlever ses boucles d'oreilles...

— Ahhh... C'est bizarre et dégueu! s'exclame Marie.

— Pourquoi il voudrait savoir ça? interroge Sara.

— Aucune idée, mais je lui demanderai, j'ai rendez-vous avec lui demain.

— T'es folle?! s'exclame Sara.

— Je ne crois pas que ce soit une bonne idée, Élise, dit très sérieusement Marie.

— Voyons, les filles, vous vous en faites pour rien. Et je suis vos conseils, j'accepte les nouvelles aventures! Il est super mignon... Il m'a donné rendez-vous dans un beau restaurant. Par contre, il m'a dit de ne pas me laver les oreilles...

— ARK! C'est certain que c'est un psychopathe! s'écrie Sara. Je t'interdis d'y aller!

— Élise, je t'enferme ici jusqu'à ce que tu me dises que tu vas annuler ce rendez-vous! renchérit Marie.

— Je vous niaise, les filles, je n'ai pas de rendez-vous...

— Tu parles d'une blague à faire à une femme enceinte! s'indigne Sara en riant tout de même.

— Ouf... C'est quand même une bonne chose de savoir qu'il n'y a pas de psychopathe qui *tripe* sur les oreilles au Québec..., dit Marie.

— Non, ça, c'est vrai. Il m'a vraiment demandé si j'aimais leur odeur.

— C'est qui, ce gars-là? me demande Sara.

— Ted07, de Brossard… Vous me croyez maintenant lorsque je vous dis que c'est difficile de rencontrer quelqu'un?

— J'ai la solution! s'exclame Marie. Il faut qu'on sorte davantage toutes les trois ensemble!

— Ce serait effectivement une bonne idée, sauf que… Sara est enceinte et toi tu pars en tournée. Encore une fois, je n'ai pas le sens du *timing*…

***

- Niveau d'énergie: 10/10
- Niveau de stress: 0/10
- Efficacité physique et mentale: 10/10
- Sentiment général de compétence: 10/10

Je viens de remettre ma fiche RAM à Benjamin. J'ai eu beaucoup de difficulté à la remplir. Je suis restée plusieurs minutes devant chaque case, le crayon en l'air, incertaine de ce que je devais y écrire. Pour la première fois, j'ai menti. Je suis loin d'être à 10 sur 10 sur le plan de l'efficacité et du sentiment général de compétence. Je suis restée tard chez Marie, hier soir, à élaborer avec les filles des plans d'action afin de mieux organiser mon avenir. Sara est rentrée la première, nous disant à la blague qu'elle devait aller coucher Cachou. Marie et moi avons alors décidé de faire du *shopping* sur Internet. Je n'étais pas fatiguée du tout, puisque j'avais dormi toute la journée…

Jusqu'aux petites heures du matin, nous avons consulté sur son ordinateur de nombreux catalogues de robes de soirée afin de dénicher une tenue parfaite pour son prochain « tapis rouge ». Je suis donc dans une forme pitoyable, ce matin, mais je ne voulais pas que Benjamin pense que mon aventure avec lui m'avait affectée. Je lui ai tendu ma fiche en faisant un grand sourire forcé qui signifiait:

« Tout est *cool*, je n'ai pas vu ton pénis il y a deux jours… » Pour sa part, il agit à mon égard avec tout le naturel du monde, comme si rien ne s'était passé. Il semble très à l'aise avec la situation. Je me dis qu'il doit certainement avoir de l'expérience dans ce domaine.

— Hé, Pascal ! s'écrie Luc à l'intention de ce dernier, qui arrive en retard. Comment vas-tu ?

— Bof… Je suis encore en train de m'en remettre. Je ne me rappelle pas avoir été aussi malade. Le pire est que j'avais une fête d'enfants, samedi ; les sept ans de la nièce de Marianne. Pouvez-vous imaginer une douzaine de petites filles surexcitées qui crient et courent partout ?

— Oh non, pauvre toi ! dis-je en ne pouvant toutefois m'empêcher de rire. Tu as survécu ?

— Pas vraiment. Après une demi-heure, j'avais l'impression que ma tête allait exploser et j'ai recommencé à avoir mal au cœur. J'ai pris de l'ibuprofène et du dimenhydrinate, mais il n'y avait rien à faire. J'ai été obligé de partir. Rien pour aider mes relations avec ma belle-famille. Les parents de ma femme sont en colère qu'on se soit mariés sans les inviter… Puis, vous autres ? Comment ça s'est terminé, vendredi ? Des choses intéressantes sont arrivées ?

— On est tous partis en même temps que toi, répond Sandrine.

— Tout le monde… sauf Élise, ajoute Luc. Tu es revenue chez Ben avec du vin ?

Je sens mon estomac se nouer. C'est moi qui ai la nausée maintenant. Je dois absolument éviter le sujet, je me sens déjà rougir.

— Oui… J'étais déçue que vous soyez tous partis… Je suis retournée chez moi… Je dois faire une présentation pour la division commerciale sur notre relation avec le fournisseur Electric Advantis. Avez-vous des commentaires pertinents, à ce sujet, qu'il serait opportun de partager ? Si vous avez des suggestions qui permettraient d'améliorer nos liens d'affaires avec lui, je suis également intéressée, dis-je avec trop d'énergie afin de faire bifurquer la conversation.

— Euh, je vais y penser et je te reviens avec des commentaires, répond Simon en me regardant d'un drôle d'air.

Je le dévisage. Je trouve qu'il a une attitude bizarre depuis que je suis arrivée. Je me demande s'il se doute de quelque chose.

— Qu'est-ce qu'il y a, Élise?

— Rien du tout…

— Pourquoi tu me regardes comme ça?

— C'est toi qui me regardes bizarrement…, me défends-je.

— Mais non. Simon est tout à fait normal, me coupe Sandrine.

— Hein? C'est à ton tour d'être étrange maintenant, lui dis-je.

— Mais qu'est-ce que vous avez tous, ce matin? intervient Benjamin. Est-ce qu'on peut travailler? J'ai un commentaire pour toi, Élise. Je trouve que le retour d'appel chez Electric Advantis est un peu trop long. Qu'en pensez-vous, les autres?

J'ai survécu à ma journée de travail «post-aventure avec Benjamin» et je me dirige vers ma voiture, garée dans le grand stationnement. Je suis étonnée de l'aisance avec laquelle il faisait comme si rien ne s'était passé. Je me suis même demandé si j'avais tout imaginé…

— Élise! Attends-moi!

Je me tourne et aperçois Simon qui court derrière moi. Je m'arrête et il me rejoint.

— Qu'est-ce qu'il y a, Simon? Tout va bien?

Au lieu de me répondre, il reste planté devant moi. Mais qu'est-ce qui se passe avec lui aujourd'hui? Il se doute de quelque chose, j'en suis certaine!

— Simon?

— Je me demandais si tu voulais parler de quelque chose avec moi?

— Non… Pourquoi?

— J'ai l'impression qu'il y a un malaise. Tu m'as évité toute la journée.

— Pas du tout. Et c'est toi qui t'es éclipsé à l'heure du lunch…

— OK, je me fais des idées… Mais s'il y a quoi que ce soit, tu ne te gênes pas pour m'en parler…

— Il n'y a rien du tout. Toi, est-ce que tout est correct?

— Oui, oui, répond-il en riant. Je pense que je deviens parano… On se voit demain?

— Bien sûr! À demain!

Je laisse Simon et m'engouffre dans ma voiture. Notre conversation me laisse confuse. Comment pourrait-il savoir? Il aurait un sixième sens? Et pourquoi ça l'intéresse tant? Je commence à culpabiliser; je n'aime pas lui cacher des choses. Enfin, c'est quand même de ma vie intime qu'il s'agit, et j'ai promis à Benjamin de ne rien dire…

***

— NOOOON! Mais c'est clair qu'elle n'est pas enceinte! Elle ment! Elle n'a même jamais baisé avec lui. Elle dit ça juste pour te voler Cédrick! lancé-je avec exaspération à mon téléviseur.

J'écoute un très mauvais film romantique, seule au salon. À l'instar des personnes devenues amnésiques et des jeunes enfants muets, le thème des femmes qui deviennent enceintes ou qui simulent d'être enceintes pour forcer un homme à rester avec elles est surexploité au cinéma. Cela m'est totalement insupportable. Comme si le fait d'obliger un homme à avoir un enfant qu'il ne désire pas avec une femme qu'il n'aime pas pour l'enlever à une autre dont il est éperdument amoureux rimait avec bonheur. Misère! Les femmes ne sont pas folles… Bon, l'héroïne du film décide de quitter le pays en laissant à son Cédrick une note ayant comme seul message : « Adieu, j'espère que tu seras heureux. »

— Non mais, prends deux minutes pour l'appeler, il va te le dire, qu'il n'a jamais couché avec elle !

J'ai envie d'éteindre le téléviseur, mais je n'ai rien d'autre à faire et je n'ai pas encore sommeil. *C'est un mardi soir bien ordinaire*, me dis-je en soupirant. On sonne à la porte. Je suis étonnée ; il est quand même passé 21 heures et je n'attends pas de visiteur. Je me lève pour aller ouvrir. Benjamin se tient devant moi. Je lui envoie un regard inquisiteur.

— Tu as oublié ça chez moi, me dit-il.

Il ouvre une main en la tendant vers moi. Je peux apercevoir en son creux la plus commune des épingles à cheveux. Je pouffe de rire.

— Tu sais, tu aurais pu la jeter… Tu te donnes du mal pour pas grand-chose.

— Je ne voulais pas prendre de risque. Est-ce que j'ai bien fait ? demande-t-il en me déshabillant du regard.

Une vague de chaleur me submerge. Je n'ai pas besoin de réfléchir longtemps, Benjamin est cent fois plus beau que le Cédrick de la télévision et, lui, je peux le toucher. Je prends Benjamin par le bras et l'attire vers moi. Il ferme la porte avec un pied et m'embrasse avec appétit.

***

Je termine de modifier les dates d'échéance d'un de mes projets en raison du retard dans la livraison d'une pièce que le fournisseur a de la difficulté à trouver. Je regarde l'heure : 17 h 25. Enfin ! J'ai tellement hâte de rentrer chez moi. Je suis épuisée. Benjamin est parti de mon condo aux petites heures du matin. Je me suis traînée toute la journée. Sandrine quitte le bureau en même temps que Simon et Pascal. Je salue mes collègues et commence à ranger mon matériel de bureau. Je me lève et me dirige vers la porte du local accompagnée de Luc quand Benjamin, encore assis à son bureau, m'interpelle :

— Élise, peux-tu venir ici deux minutes avant de partir ? J'ai besoin de ton opinion.

Luc continue sans moi et je vais rejoindre Benjamin, qui se lève en ouvrant un dossier.

— J'aimerais que tu me dises… Sur une échelle de 10, comment as-tu trouvé ma performance d'hier ? me demande-t-il d'un ton sérieux, mais en affichant tout de même un petit sourire en coin.

J'éclate de rire.

— Je n'ai pas toutes les données nécessaires. Tu me refiles les coordonnées des bénéficiaires précédentes de tes services et je pourrai faire un tableau comparatif…

— Nah, répond-il en hochant la tête. Je pense que je vais laisser faire… De toute façon, tu n'auras jamais le temps de passer à travers toute l'information…

Je bouche mes oreilles avec mes mains en riant.

— Je ne veux pas entendre ça ! Je rentre chez moi, Benjamin. Bonne soirée.

Vendredi, 7 h 45. Je marche comme un automate vers ma voiture stationnée en face de chez Benjamin. J'ai mal à la tête et je porte des verres fumés. Tout semble m'agresser : la lumière du soleil, l'air chargé d'humidité et même le chant des oiseaux. Je ne peux pas croire que je vais me taper une autre journée au bureau dans cet état, encore une fois cette semaine. Hier, Benjamin m'a envoyé un message texte alors que je sortais de la résidence de mon père. Il m'a invitée à aller boire un verre chez lui et je m'y suis rendue directement.

Évidemment, nous ne nous sommes pas contentés d'un seul verre, mais plutôt de la bouteille entière, en ajoutant par la suite des cocktails préparés par mon hôte. Benjamin est le roi de la débauche et il faut croire que je suis facilement influençable. Il était hors de question que je prenne ma voiture après avoir consommé autant d'alcool, mais j'ai refusé l'invitation de Benjamin à rester dormir chez lui. Je suis partie en direction de mon condo, à pied et en pleine nuit. Ce refus s'explique par trois raisons. Premièrement, depuis le début de mon aventure avec lui, j'ai le sentiment de vivre dans la clandestinité et j'ai toujours l'impression que quelqu'un pourrait débarquer chez lui à l'improviste et nous surprendre – par exemple Luc, notre collègue, qui est aussi son meilleur ami. Deuxièmement, j'avais envie de me réveiller dans mon lit et de passer sous la douche chez moi avant d'aller travailler. Et troisièmement – roulement de tambour –, j'ai été témoin d'une crise épique entre Benjamin et son Émilie.

Nous étions tous les deux nus, étendus dans son lit, en train de siroter notre dernier cocktail. Nous venions de faire l'amour. C'est à ce moment que Benjamin a reçu un texto. Il était 1 h 30. C'était un message d'Émilie, qui le bombardait d'insultes parce qu'il lui avait retourné certains de ses effets personnels et avait inclus dans le colis une montre qu'elle lui avait offerte il y a plusieurs années. Outré par le message, Benjamin a entamé avec moi une discussion qui fut en réalité un long monologue. L'essentiel de son discours pourrait se résumer par ceci : «Émilie est folle.» J'ai bien essayé de lui changer les idées et de faire dévier la conversation, mais c'était inutile. D'un coup, il s'est levé en me disant qu'il allait lui répondre. Il est allé s'asseoir tout nu devant son ordinateur portable installé sur un petit bureau, dans sa chambre. J'ai tenté de l'en empêcher :

— Benjamin, ce n'est pas une bonne idée de lui répondre à cette heure-là, et soûl !

— Non, non. Elle ne me fera pas encore passer pour le méchant.

— Pourquoi as-tu besoin d'utiliser ton ordinateur ? Tu pourrais lui envoyer un texto avec ton téléphone.

— Ça, c'est une erreur que je ne ferai plus. Une fois, elle m'a répondu en me retournant mon message après avoir surligné mes fautes de français en rouge…

Je n'ai pu m'empêcher de rire, ce qui a eu pour effet de le «crinquer» davantage.

— Ça ne sera pas long, Élise… Voilà, c'est fait ! Je viens de lui dire que, même si elle adore jouer les saintes, c'est elle qui a ouvert le bal en refusant mes boucles d'oreilles !

Benjamin s'est relevé et m'a rejointe au lit. Mais avant qu'il ait eu le temps de s'étendre, bing ! Un autre message ! La réponse d'Émilie, bien sûr. Benjamin me l'a lue en imitant disgracieusement une voix de femme : «"La montre symbolisait des moments de bonheur entre nous, et c'est comme si tu jetais toute notre histoire à la poubelle. Mais je ne suis pas étonnée, tu as toujours été trop immature pour comprendre ce genre de chose. Un vrai enfant gâté." Ah ben, tabarnak !»

Sur ce juron, il est allé se rasseoir à son bureau et a commencé à taper rageusement sur le clavier. J'ai alors compris que c'était le bon moment pour rentrer chez moi.

**

Je déverrouille les portières de ma voiture. Alors que je m'apprête à me glisser derrière le volant, la porte de la maison de Benjamin s'ouvre et il en sort en me faisant de grands signes. Il marche prestement à ma rencontre.

— Élise ! Comment vas-tu, ce matin ?

— Bof, trop de vin hier… Comment ça s'est fini avec Émilie ?

— Justement, je voulais m'excuser. Tu avais raison, c'était la pire idée du monde d'écrire à mon ex soûl et en plein milieu de la nuit.

— Ne t'en fais pas pour moi, ce n'est pas grave.

— Si tu veux, je sais comment me faire pardonner. Tu rentres chez moi avant de partir travailler? propose-t-il en m'envoyant un regard suave.

— Tu n'es pas tuable! réponds-je en pouffant de rire. Je vais passer pour cette fois, je suis crevée. On se voit au bureau. À tout de suite!

Je m'assois à côté de Luc à l'une des grandes tables de la cafétéria d'Eos que nous partageons avec d'autres employés. Benjamin vient nous rejoindre et prend place devant moi.

— Vous savez où est le reste de l'équipe? s'enquiert-il.

— Je sais que Pascal allait luncher avec sa femme, répond Luc.

C'est étrange que Simon et Sandrine ne soient pas avec nous, me dis-je intérieurement. Je lève la tête et les aperçois qui s'assoient à une autre table. Mon regard croise celui de Sandrine, qui détourne les yeux. Elle semble dire quelque chose tout bas à Simon. Non mais, je rêve? J'ai l'impression qu'ils parlent de moi. Quoi, Sandrine aurait des doutes elle aussi? Je me fais sûrement des idées… Ils ont certainement dû nous voir trop tard et il n'y a plus de place à notre table. Mais quand même, je trouve qu'ils font preuve d'un drôle de comportement, ces temps-ci. Comme s'ils étaient mal à l'aise en ma présence. Peut-être qu'ils savent, pour Benjamin et moi, et qu'ils considèrent que c'est un manque d'éthique professionnelle que de coucher avec le chef d'équipe… Deux membres du département des Plans et devis viennent interrompre mon délire paranoïaque:

— Élise! Vas-tu être prête pour le Grand Weekend? me demande Étienne, debout à côté de moi.

— Ouf! Je ne suis pas certaine, les gars, pour cette année… Vous ne pouvez pas trouver quelqu'un d'autre?

— Tu nous niaises! s'indigne Yannick. Tu es la seule fille capable de terminer le triathlon. Comment veux-tu qu'on batte la division commerciale sans toi?

Chaque année, l'entreprise organise le Grand Week-end. Le séjour se déroule dans un complexe de villégiature, dans le nord du Québec. Nous sommes tous conviés à participer à de nombreuses compétitions entre les différents départements, mais également entre les divisions Commerciale et Privée. Les activités sont extrêmement compétitives et nous sommes fortement encouragés à nous dépasser. Les années précédentes, j'ai toujours participé au triathlon et j'y ai même obtenu beaucoup de succès. Mais je ne me sens pas de taille, cette année. Ça fait des semaines que je n'ai pas couru, je ne suis pas très en forme. Je regarde Étienne et Yannick, qui semblent dépités. L'équipe de triathlon doit absolument inclure une fille. Et pour déterminer l'équipe gagnante, on calcule la moyenne du temps de chacun des participants. Aussi, quand l'un d'eux ne termine pas, cela nuit énormément au score final de son équipe. Je me convaincs que c'est en raison de mes excès d'hier que j'ai aujourd'hui l'impression d'être dans une forme physique pitoyable. Je me dis que je me sentirai beaucoup mieux dès que j'aurai dormi un peu.

— Bon, c'est d'accord, les gars, mais c'est à vos risques et périls…

— Fiou! lâche Étienne. Et toi, Benjamin, tu seras encore des nôtres?

— Certainement! Comment gagneriez-vous sans moi? répond-il à la blague.

Étienne et Yannick retournent à leur table en lançant qu'il serait honteux pour la GEC que nous ne soyons pas à la hauteur de leurs attentes. Une fois qu'ils sont partis, Luc me questionne en bon père de famille:

— Ça va, Élise? Tu trouves que tu n'es pas en forme, ces temps-ci? C'est vrai que tu n'as pas l'air dans ton assiette, aujourd'hui.

— Ce n'est rien, j'ai juste un peu abusé, hier soir…

— *Cool!* Tu es sortie avec tes amies? Vous êtes allées où?

— Ben euh… C'est ça, réponds-je mollement.

— Quelle réponse vague! dit-il d'un ton amusé. Tu étais avec un monsieur, c'est ça, hein?

— Oui, oui…

— Ouuuuuuuuh! Et à te voir la tête, ç'a dû *rocker*! Tant mieux pour toi! Dis-moi, c'est quelque chose de sérieux?

— Non, pas vraiment…, murmuré-je sans regarder Benjamin.

— Une aventure torride! C'est encore mieux! Allez, raconte pour ceux qui n'ont plus le droit d'en avoir!

— Mais oui, Élise, raconte! ajoute Benjamin, qui se bidonne devant mon malaise. Tu as l'air tellement épuisée, ton amant devait être absolument prodigieux!

Je lui envoie un regard indigné.

— *Come on*, les gars… *A lady never tells.*

— C'est plate. Pour une fois qu'il arrive quelque chose d'excitant à un membre de la GEC, bougonne Luc.

— Hé! s'exclame Benjamin. Peut-être que moi j'étais avec une femme!

— C'est ça, ironise Luc. Connaissant ta vie, ces temps-ci, tu as dû passer la nuit à te chicaner avec Émilie.

Ça, c'est à moitié vrai.

6

La luxure

*J*e me laisse tomber lourdement sur le sofa. Je suis vraiment contente d'être enfin rentrée chez moi. La journée m'a semblé interminable. Je ne peux pas me permettre de me coucher aussi tard et de consommer autant d'alcool les jours de semaine. Je me fais la morale en me disant que je ne devrais pas consommer autant d'alcool, point. Je m'allonge. Je regarde l'heure sur mon lecteur DVD : 17 h 50. Je pense que je vais faire une petite sieste avant de souper.

Je n'ai pas le temps de fermer les paupières que mon téléphone sonne. Je peux voir la photographie de Marie qui me sourit à l'écran :

— Allô, ma belle, réponds-je mollement.

— Élise ! Qu'est-ce que tu fais ?

— Pas grand-chose, je suis chez moi. Toi, es-tu encore au Saguenay ?

— Non, je suis à Montréal pour le week-end. Et devine quoi?

— Tu as décroché un autre rôle?

— Non. J'ai deux invitations pour le *party* d'été du Groupe MediaTown! Wouh-ouhh!

— Le Groupe Me…

— Oui. C'est le plus gros conglomérat de médias au pays, chaînes de télévision, de radio, magazines, journaux et encore plus, me coupe-t-elle avec excitation. Chaque année, ils font une mégafête. C'est au domaine du propriétaire du groupe, Victor Lespérance, dans les Cantons-de-l'Est. Je te le promets, tu n'en reviendras juste pas!

— Oui, j'ai déjà entendu parler de ce *party*… Je crois que c'est la fête la plus chère à organiser au Québec. Dis-moi que ce n'est pas ce soir…

— Mais oui, c'est ce soir! Annule ce que tu avais prévu!

— Je n'ai rien d'autre… je suis *scrap*. J'ai pris une cuite, hier…

— Élise, tu as prom…

— C'est bon… je vais y aller! Est-ce que j'ai le temps de faire une sieste au moins?

J'attends avec Marie à l'entrée d'un grand hôtel du centre-ville de Montréal, où une navette doit venir nous prendre pour nous conduire dans les Cantons-de-l'Est. Je porte une robe de cocktail en dentelle noire ouverte dans le dos. Je l'avais achetée pour une fête d'Eos. Mon amie a choisi une magnifique robe rouge ajustée qui lui donne un look un peu *vintage*. Cette couleur lui va vraiment à ravir. D'autres personnes – toutes bien vêtues – attendent également avec nous. Marie a salué plusieurs d'entre elles. Évidemment, moi, je ne connais personne, mais ça m'importe peu. Je suis heureuse que Marie m'emmène et j'ai décidé de passer une belle soirée. La navette s'immobilise devant l'hôtel et nous y montons en file indienne.

À l'intérieur, un serveur portant un nœud papillon nous tend à chacun une flûte de champagne. Marie et moi prenons place l'une à côté de l'autre dans de confortables sièges de cuir. Nous nous regardons en souriant et trinquons joyeusement. J'entends le son d'une vibration qui provient de mon petit sac à main en paillettes noires. J'ouvre mon sac et attrape mon téléphone. Je peux lire le nom de Romain sur l'afficheur. Romain… Je ne m'attendais plus à avoir de ses nouvelles. Je regarde Marie avec étonnement. Elle fronce les sourcils :

— Mais qu'est-ce que tu fais, réponds ! me lance-t-elle avec énervement.

J'obéis prestement à l'ordre de mon amie.

— Allô ?

— Salut, Élise, c'est Romain. Comment ça va ? me demande-t-il d'un ton joyeux.

— Je vais bien, et toi ?

— Super ! Je viens d'arriver à Montréal. Voudrais-tu qu'on fasse quelque chose ensemble ?

— Euh… Ce soir ?

— Non, pas ce soir. J'ai déjà un événement avec mon éditeur. Mais quand tu veux la semaine prochaine.

— Je ne sais pas… laisse-moi regarder ça… je ne suis pas certaine… Je peux te rappeler ?

— D'accord ! J'attends ton appel ! réplique Romain sans se laisser démonter par mes propos évasifs.

Je raccroche et lève les yeux vers Marie. Elle affiche un air désapprobateur.

— Quoi ? Il m'a prise par surprise, je ne savais pas quoi lui dire.

— Pourquoi tu ne lui laisses pas sa chance ?

— Et qu'est-ce que ça va donner ?

— Je ne sais pas, du plaisir ? répond-elle en levant les sourcils.

— J'en ai déjà avec Benjamin. Je ne vais quand même pas baiser deux gars en même temps !

Sur ces douces paroles, le passager assis devant nous me jette par-dessus son épaule un coup d'œil étonné.

— Misère! Je parle trop fort. Tu ne voudras plus sortir avec moi…, murmuré-je, gênée.

Marie me regarde et éclate de rire. Je ne peux m'empêcher de rire à mon tour.

— Jusqu'à maintenant, Romain, c'est mon préféré! insiste-t-elle.

— Ah oui? Pourquoi?

— C'est une vraie question? Parce qu'il est beau comme un dieu, il est gentil, il déborde de talent, il est super drôle… Tu veux que je continue?

— Il a vingt-deux ans!

— Arrête, avec ça!

— Il a presque vingt ans de différence avec Benjamin…

— C'est drôle, il y a une plus grande différence d'âge entre toi et Benjamin qu'entre toi et Romain. Pourtant, que Benjamin ait dix années de plus, ça ne te dérange pas.

— Ce n'est pas pareil…

— Si tu le dis…

— En vieillissant, on finit par se rattraper… Romain, lui, est encore tout jeune.

— Ça peut avoir ses avantages… Tu pourrais le mettre à ta main plus facilement, plaisante Marie. Les défauts de Benjamin, à son âge, sont permanents, alors que ceux de Romain…

— Ha ha!

— Et au lit, penses-y. Tu pourrais en faire ton esclave sexuel. «Non, Romain, ajoute-t-elle en prenant une voix autoritaire, je n'ai pas dit d'arrêter. C'est ça, continue. Quoi? Mais ce n'est pas mon problème si ta langue est engourdie!»

Le passager assis devant nous se tourne encore, mais cette fois avec une expression outrée. Marie et moi rions de plus belle.

Une heure et demie plus tard, nous arrivons au domaine de la famille Lespérance. Lorsque nous descendons de la navette, d'autres serveurs nous attendent avec des flûtes de champagne. L'immense terrain a été aménagé avec soin pour la fête. Six grands chapiteaux ont été installés autour de l'auberge des Lespérance, qui sert en temps normal à accueillir leurs visiteurs. Un peu plus loin, je peux apercevoir leur manoir, mais je ne crois pas qu'il nous soit ouvert. Chacun des chapiteaux, ainsi que l'auberge, a été décoré en respectant le thème de la fête : les sept péchés capitaux.

Je suis Marie dans l'auberge. Nous nous retrouvons dans le royaume de la gourmandise. De ma vie, jamais je n'ai vu un tel banquet. De grandes tables sont dressées dans une vaste salle de réception. Elles débordent de mets alléchants de cuisines étrangères regroupés par pays. Je peux voir au fond de la salle une fontaine de chocolat entourée d'une grande variété de gâteaux. Hummmmmm ! Marie se tourne vers moi :

— Il est passé 20 heures, on mange ?

— Oui ! réponds-je avec excitation.

— Je vais aller voir ce qu'il y a à la table du Japon.

— Moi, je vais faire un tour en France !

Je me suis empiffrée de brandade de morue, de tartiflette et de foie gras, pour ensuite visiter l'Italie, où j'ai englouti des gnocchis au veau ainsi qu'un risotto au fromage de chèvre et saucisses. Je suis étonnée que ma robe tienne encore attachée sur mon dos. Je me dirige vers la fontaine de chocolat, il me reste un peu de place pour le dessert. Je mets dans une assiette un petit gâteau de style brownie. J'ai la ferme intention de le noyer de sauce au chocolat. J'attrape une louche pour me servir. Je la remplis trop et tache la nappe blanche. Voulant réparer ma faute, je fais un mouvement brusque pour aller chercher une serviette de papier. Erreur ! Mon avant-bras passe par mégarde sous l'un des jets de la fontaine, faisant éclabousser la sauce au chocolat. Quelle catastrophe! Le liquide foncé s'est répandu partout, sur mon bras, sur ma robe, sur la nappe, dans les desserts et sur les fleurs qui ornent la table. Deux serveurs s'approchent pour me venir en aide, amplifiant ma honte. Ils sont très polis et tentent d'essuyer le chocolat sur mon bras alors que j'essuie ma robe, qui est fort heureusement noire. Je ris nerveusement en leur disant que je suis maladroite. Je ressens le besoin stupide de souligner le fait que je ne suis pas soûle. L'un des serveurs me répond que c'est normal de boire, dans ce genre de fête. Au lieu de m'en aller simplement en les remerciant, j'insiste sur mon état de «non-ivresse». J'en suis maintenant à leur faire le décompte de mes consommations. J'entends rire derrière moi. Je me tourne et aperçois Romain qui se bidonne.

— Romain! Qu'est-ce que tu fais ici?

— Mon éditeur est une filiale du Groupe Media-Town. Et toi?

— Ç'a l'air que je fous le bordel…

Romain pouffe encore de rire et me tend l'un des deux verres de vin qu'il tient.

— Je t'ai apporté un verre, tu le veux?

— Oui, merci.

— Ce sera son troisième, plaisante l'un des serveurs.

J'attrape la coupe et avale une gorgée de vin.

J'ouvre le robinet d'eau froide et place une cruche sous le bec. L'eau passe directement à travers. Je fouille dans une armoire et attrape une théière. J'essaie de la remplir, sans succès. Mais pourquoi tous les récipients de cette cuisine n'ont-ils pas de fond? J'ouvre péniblement un œil. Je suis couchée tout habillée dans un grand lit. J'ai très soif et la tête me fait mal. Je me redresse. Marie est debout devant une fenêtre ouverte. Elle porte toujours sa magnifique robe rouge et a un verre à la main. Elle m'envoie un sourire.

— Bonjour, ma belle !

— Misère ! Où est-ce qu'on est ?

— Dans une chambre de l'auberge… tu te rappelles ?

— Oui, c'est vrai. On a manqué la navette de retour. Qu'est-ce que tu bois ?

— Perrier et porto.

— Quoi ! Tu bois de l'alcool ?

— Oui, ça aide vraiment quand on a la gueule de bois… Je t'en sers un ?

— Au point où j'en suis, pourquoi pas…

Marie ouvre un petit réfrigérateur, en sort deux bouteilles et me prépare un verre. J'essaie de me remémorer ma fin de soirée de la veille. J'espère que je ne me suis pas trop couverte de ridicule.

— On s'est couchées à quelle heure ?

— Je ne sais plus très bien, 6 heures ?

— Comment tu fais pour être aussi resplendissante après la nuit qu'on a passée ?

— Oh, mais tu n'es pas mal du tout non plus. Un peu de cache-cernes et on n'y verra que du feu…

Marie s'assoit à côté de moi dans le lit et me tend son sac à main. Je l'ouvre et prends son petit ensemble à maquillage. Je me regarde dans un miroir de poche. C'est vrai que ce n'est pas si mal…

— Oui, bon… le chapiteau de la luxure a eu raison de nous…

Mon amie pouffe de rire. Hier, après avoir terminé notre repas, Marie, Romain et moi avons décidé d'aller visiter les différents chapiteaux. Nous avons commencé par celui de la luxure. Nous y sommes entrés et n'en sommes plus ressortis… Je n'ai même pas vu les autres.

Au centre de l'immense tente rouge de la luxure, il y avait un grand bar à champagne et à cocktails. Des lits et des récamiers en velours servaient de fauteuils. Il y avait, pour ajouter à l'ambiance, des bains sur pattes dans lesquels se baignaient des femmes et des hommes vêtus de minuscules maillots faits de fleurs. Sur une grande table se trouvait une multitude de mets aux propriétés supposément aphrodisiaques : des huîtres, du caviar, des oursins, du chocolat, du gingembre confit et des salades d'asperge et céleri. Une petite piste de danse éclairée par de faux chandeliers avait également été aménagée, et des musiciens masqués jouaient des standards du jazz. J'observe le contour rougi de mes lèvres dans le petit miroir de Marie.

— Seigneur ! Pourquoi ma peau est-elle aussi irritée ?

— Ah ah ! C'est peut-être parce que tu as *frenché* Romain pendant plus d'une heure dans le corridor !

— Ça me revient maintenant. La grande classe… C'est sûrement la faute des asperges, plaisanté-je.

— Je ne savais pas que c'était aphrodisiaque.

— Moi non plus. Je pense que c'est surtout à cause de l'alcool… Je te fais une piscine ?

Marie s'étouffe de rire avec sa boisson. À un certain moment de la soirée, j'ai entrepris de convaincre le barman de servir des piscines. Il s'agit d'un cocktail très populaire dans les clubs de Paris. Dans une grande coupe à vin en ballon, on verse du champagne avec des glaçons. Non seulement il a accepté, mais je me suis retrouvée derrière le bar à en préparer pour tous les convives que je harcelais pour qu'ils en consomment. De son côté, Marie a supplié le DJ de faire jouer du Frank Sinatra et a plus ou moins contraint plusieurs musiciens du groupe jazz, qui avaient terminé leur soirée, à danser avec elle.

— Ce n'est pas pire que moi, qui forçais tout le monde à danser. Je ne sais pas pourquoi, mais dès que je suis soûle, je veux danser. Et pas toute seule…

— Je pense qu'ils étaient tous très contents. Marie, crois-moi, il n'y en a pas un qui va porter plainte. Comment tu as fait pour avoir la chambre ? Je pensais qu'elles étaient toutes réservées.

— Hein ? Je croyais que c'était toi qui avais réussi à l'avoir !

— Misère! Je vais appeler Romain. Il n'a pas bu autant que nous…

— Et pourtant, c'est lui, le jeunot…

— Ironique… Je m'en souviens maintenant. Ce n'était pas sa chambre?

Avant même que j'aie le temps de l'appeler, je reçois un message texte de Romain. Il me dit qu'il nous attend à l'entrée de l'auberge pour nous ramener à Montréal.

— Marie, on a un *lift*! Wouaouh… C'est certain qu'il gagne des points!

Marie et moi marchons dans le corridor de la très chic auberge dans notre accoutrement de la veille: robes de soirée ajustées et talons hauts. Notre tenue n'est pas très appropriée pour cette heure matinale, particulièrement avec nos chevelures décoiffées. Nous passons devant le comptoir de la réception. J'agrippe Marie par le bras.

— Penses-tu que nous devons payer la chambre? murmuré-je.

— Je ne sais pas. Qu'est-ce qu'on fait?

— On va le leur demander. Viens avec moi.

Je m'approche d'un réceptionniste debout derrière le comptoir. Je lui demande tout bas, et non sans gêne, si nous devons régler la chambre. Un sourire en coin, il me répond que toutes les chambres ont été payées d'avance. Nous le remercions et nous éloignons du comptoir. Marie secoue la tête:

— Sais-tu quoi, Élise? Nous avons l'air de deux escortes russes…

Nous pressons le pas vers la sortie. Arrivées dans le grand hall, nous nous faisons interpeller par nos noms. Deux hommes, veston-cravate et mi-trentaine, se dirigent vers nous. Ils nous font la bise ainsi que de chaleureuses accolades.

— Les filles, demande le plus grand d'entre eux, ça marche toujours, pour le golf? Le samedi 28. On va vous organiser ça!

Marie m'envoie un regard oblique. Nous détestons toutes les deux ce sport et ne savons pas vraiment jouer.

— Oui, oui…, répond mon amie du bout des lèvres.

— Super alors! On va avoir du *fun*, réplique l'autre.

— Marie, je t'appelle la semaine prochaine pour te donner les renseignements! termine le plus grand avant de s'éloigner avec son acolyte.

Nous nous retrouvons seules dans le hall. Marie se penche vers moi :

— Tu sais de quoi ils parlaient?

— Non. Aucune idée…

— Moi non plus. OK, je pense vraiment qu'il faut qu'on parte, conclut-elle en me tirant par la main.

J'appuie ma tête sur le dossier du siège du passager de la voiture de Romain. Marie est assise sur la banquette arrière. Romain démarre et nous quittons le domaine des Lespérance. Je me tourne vers notre conducteur.

— Merci, Romain. C'est vraiment gentil de nous ramener. Et merci aussi pour la chambre. C'était la tienne, non?

— Oui, gracieuseté de mon éditeur.

— Mais toi, où as-tu dormi? demandé-je.

— Eh bien, dans ma voiture.

— Quoi? Mon Dieu, tu n'aurais pas dû! C'est nous qui méritions de dormir dans l'auto!

— Écoutez, à la fin de la soirée, il y avait environ dix gars qui attendaient de savoir avec qui vous alliez rentrer. Des gars soûls vous offraient des *lifts* et d'autres, de partager leur chambre, ou plutôt leur lit. Comme vous n'étiez plus tout à fait en mesure de prendre une décision éclairée, j'ai mis fin au débat et je vous ai offert ma chambre. Je crois m'être fait plusieurs ennemis…

— Romain, tu es un prince! s'exclame Marie.

— Oui, et nous, deux adolescentes, raillé-je.

***

Notre président, Marc Levasseur, plonge une main dans un grand bol et ressort un morceau de papier plié en quatre. Il le lit et prend la parole sur un ton solennel :

— La GEC, vous serez des mimes !

Ouais ! Des mimes ! me dis-je intérieurement. Je suis vraiment heureuse. J'avais peur que nous tombions sur les acrobates ou, pire, sur les clowns. En effet, pour notre Grand Week-end, qui aura lieu dans quatre jours, les organisateurs ont décidé de lui donner cette année la thématique du cirque. Aujourd'hui, dans la cafétéria de l'entreprise, notre président assigne à chaque département une catégorie de personnages – et autres, puisqu'il y a aussi celle des animaux de cirque – en lien avec la thématique. Mes cinq coéquipiers et moi devrons nous déguiser en mimes lors de la présentation de notre « épreuve manuelle ».

Il s'agit de l'épreuve la plus importante du weekend, dont l'objectif est de créer le maximum de *team building*, selon la direction. Tous les départements auront deux heures pour procéder à la construction d'un véhicule. L'année passée, c'était une bicyclette. On ne nous dévoile de quel véhicule il s'agira que quelques minutes avant le début de l'épreuve. Nous avons à notre disposition du matériel et des outils. Nous devons faire preuve de savoir-faire et d'imagination. L'équipe gagnante est celle qui est capable de faire la plus grande distance avec son bolide. Des points sont également accordés pour l'originalité de la présentation. Le tout étant évalué par un jury formé de membres de la direction. Pour ce qui était de la bicyclette, ce fut un véritable fiasco. Nous avons tous mordu la poussière.

L'heure du lunch étant terminée, je marche avec mes coéquipiers vers notre local. Pascal est très excité par les compétitions qui viennent et n'arrête pas de parler.

— Cette fois-ci, c'est certain que nous allons gagner. Depuis des semaines, je regarde en boucle sur

YouTube des tutoriels sur la fabrication de moyens de transport. Je vous le dis, je ne fais que ça. Il n'y aura rien à mon épreuve…

— Ta femme doit tellement être heureuse que tu passes tout ton temps là-dessus, se moque Luc.

— Elle m'appuie ! Bon, elle m'a dit que je m'emportais lorsque j'ai visionné les navettes spatiales… Mais c'est elle qui a raison. Ils ne nous feront pas faire des fusées…

— Pourquoi pas ? Ils nous ont bien fait faire un bateau à vapeur miniature, souligné-je.

— Merde ! s'exclame Pascal. Ce serait une super bonne idée, en plus, des fusées !

— Moi, j'aimerais qu'ils reviennent aux modèles réduits. Ceux que nous devons conduire, c'est un peu dangereux, se plaint Simon.

— Ça va tellement être des fusées ! insiste Pascal.

Delphine, des Ressources humaines, croise notre groupe dans le corridor. Elle nous salue et continue son chemin. Luc la regarde et agrippe le bras de Pascal.

— Pascal ! C'est sûr que Delphine est au courant pour l'épreuve. Viens avec moi, on va essayer d'en savoir plus.

— Excellente idée ! réplique-t-il aussitôt.

Les deux hommes nous quittent pour se diriger vers elle. Ils lui demandent comment elle va sur un ton joyeux surfait et s'éloignent avec elle.

— Ils ne réussiront jamais à la faire parler, dit Benjamin en secouant la tête. C'est eux qui devraient être déguisés en clown, au Grand Week-end…

Simon et Sandrine nous devancent et je me retrouve à l'écart avec Benjamin. Il penche sa tête vers moi et murmure :

— On se voit un soir cette semaine ?

Je lève les yeux et l'observe. Il me déshabille du regard. Quelle invitation difficile à refuser ! Il dégage un mélange parfait de virilité et de sensualité. Je pense à la fête, au domaine des Lespérance, et à Romain.

Un sentiment de culpabilité me submerge. Je n'ai pas l'habitude de fréquenter deux hommes à la fois. Je me dis que Marie se moquerait de mes scrupules. Après tout, je n'ai pas fait grand-chose avec Romain, à part l'embrasser tout habillée dans le corridor. Quand même, j'ai déjà couché avec lui et j'ai l'impression qu'il espère davantage de notre relation. Dans ma vie, je me suis assez fait mener en bateau par des partenaires ambivalents pour n'avoir aucune envie de me placer dans le rôle du bourreau. De toute façon, je dois absolument reprendre la course à pied et tenter d'être en forme pour le triathlon.

— Je ne peux pas. Il faut que je me remette sérieusement à courir. Il ne me reste que quelques jours avant la compétition…

— Tu sais, tu peux venir prendre ta douche avec moi après…

Je jette un coup d'œil nerveux autour de nous. Je ne peux pas croire qu'il ose dire de telles choses en plein milieu du corridor d'Eos. Simon et Sandrine ne sont pas très loin, mais ils semblent complètement absorbés par leur propre conversation. Ils n'ont rien entendu.

— Non, non… Je veux être sage, cette semaine, réponds-je nerveusement.

Benjamin remarque mon malaise et m'envoie un sourire narquois. Je ne sais pas comment il fait pour toujours paraître en contrôle, sauf quand il s'agit d'Émilie…

***

Je démarre ma voiture et sors du stationnement d'Eos. Je me suis entraînée, ces trois derniers jours, après le travail. Ce matin, j'ai dû renoncer à porter des talons hauts pour aller au bureau ; j'ai trop mal aux mollets. Le triathlon aura lieu demain et je ne me sens pas prête du tout… Le téléphone sonne. Je peux lire « Romain Le Barbier » sur mon tableau de bord. Je réponds en appuyant sur un bouton, à gauche du volant. Comme à son habitude, Romain déborde d'enthousiasme.

— Élise, que fais-tu ce soir ? J'aimerais que tu viennes en croisière avec moi. C'est un événement promotionnel organisé par mon éditeur.

— Oh, Romain, j'ai un triathlon demain et j'allais rendre visite à mon père...

— Il est où, le centre de ton père ? Je peux aller te rejoindre là-bas ? On partira avec une seule voiture.

— Une croisière ?

— Ça va être le *fun* ! C'est sur le fleuve, de 21 heures à minuit. Des bouchées et des consommations seront servies !

Même si ce n'est pas très raisonnable de ma part, j'accepte son invitation et lui donne les coordonnées du CHSLD où loge mon papa. Je ne peux absolument rien lui refuser. Il nous a si galamment laissé sa chambre d'hôtel, alors que Marie et moi étions dans une situation précaire. Je lui en dois toute une. Contrairement à ce que mon amie a dit, c'est moi qui devrais être son esclave... pour toujours.

J'arrive à la chambre de mon père. La porte est ouverte et j'entends rire. J'entre. Je suis abasourdie par ce que je vois dans le petit appartement. Romain est assis avec mon père. Les deux hommes jouent aux cartes.

— Ma chouette ! Ton ami me montre un nouveau jeu : l'ascenseur ! Prends une chaise et joins-toi à nous !

— Voulez-vous que je commande à manger avant ? demandé-je, complètement déstabilisée.

— On a déjà commandé du poulet, répond Romain le plus naturellement du monde.

— OK... Qui est prêt à se faire battre ? dis-je en m'assoyant avec eux.

***

Alors que nous sommes en route vers le Vieux-Port de Montréal dans sa voiture, Romain se tourne vers moi :

— J'espère que ça ne t'a pas dérangée que je m'impose chez ton père. J'étais dans le coin et je n'avais rien d'autre à faire. C'était ça ou j'attendais dans un café…

— Non, au contraire. Ça m'a fait plaisir. Mon père adore recevoir des visiteurs. Il était super content.

« Super content » est peu dire. Je voyais dans son visage qu'il était absolument ravi. Mon papa adore rencontrer des jeunes, étant quotidiennement entouré de personnes âgées. Je sais très bien que la visite de Romain sera son sujet de conversation pour les prochains jours, après sa sortie à la convention de *trekkies*…

Je remarque que Romain regarde la route en souriant. Il me prépare des bagels, me laisse sa chambre d'hôtel et rencontre mon papa ? Misère ! Il faut que je clarifie notre relation.

— Je pense qu'on devrait parler un peu de nous deux…

— Oh oh… Ce n'était pas une bonne initiative, finalement, avec ton père…

— Non, ce n'est pas ça. Tu peux revenir quand tu veux, je te le jure… Mais comme je te l'ai déjà dit, nous ne sommes pas rendus à la même place dans nos vies… Et je sais que j'ai eu avec toi un comportement qui… Puisque chaque fois que je t'ai vu… Tu sais ?

— Oui, je comprends ce que tu veux dire, me dit-il en riant un peu.

— Bon, alors je ne veux pas t'induire en erreur. Je te trouve formidable et je ne voudrais pas qu'il y ait de malentendu…

— Je ne suis plus certain de te suivre.

— Ce que je veux te dire, dans le fond, c'est que j'aimerais que nous soyons des amis.

— Des amis plus plus?

— Non, je ne suis pas très bonne avec les plus plus. Juste des amis. Est-ce que ça te convient?

— Oui. C'est correct avec moi, répond-il en ralentissant la voiture. Mais tu vas devoir descendre maintenant.

— Quoi? Ici! m'exclamé-je en regardant avec effroi la voie de service de l'autoroute. Tu n'es pas sérieux?

— Évidemment que je ne suis pas sérieux! s'esclaffe-t-il en accélérant de nouveau. On a une croisière à prendre!

— Tu n'es tellement pas drôle! dis-je en riant de soulagement.

— Ça, c'est parce que tu n'as pas vu ta tête!

Je suis rassurée en le voyant rire de bon cœur de sa blague. J'avais peur de lui faire de la peine ou de blesser son orgueil. Je me suis inventé des histoires. Évidemment qu'il ne veut qu'une amie!

J'observe avec émerveillement la nuit tomber sur le centre-ville de Montréal, appuyée sur le bastingage du bateau de croisière. Romain revient sur le pont avec deux verres de vin. Il m'en tend un.

— On porte un toast à l'amitié? me demande-t-il en souriant.

— Oui. À l'amitié, réponds-je en cognant doucement ma coupe de plastique transparent contre la sienne.

Je comprends pourquoi il est le préféré de Marie. Romain est fantastique. Si seulement il avait quelques années de plus… Je lui rends son sourire tout en me demandant si c'est normal d'avoir autant envie d'embrasser ses amis…

7

La baignade

Mon cœur bat très fort. Je l'entends comme s'il jouait du tambour sur mes tympans. De la sueur coule dans mes yeux et j'ai un goût salé, dans ma bouche trop sèche. J'ai très soif et je souffre de la chaleur. C'est quoi cette idée d'organiser un triathlon en plein milieu du mois d'août? J'ai l'impression que mon corps me lâche, que mes muscles ne veulent plus répondre. Je dois m'arrêter un instant avant de tomber inconsciente. Je me laisse choir sur la bordure gazonnée du chemin de terre. Je ne peux pas croire que je ne finirai pas le parcours pour la première fois en six ans. Je suis en colère contre moi-même. J'ai bu trois verres de vin, hier, et je me suis couchée beaucoup trop tard, sans compter tous mes excès des semaines passées. Je suis étonnée que ma sueur ne goûte pas l'alcool… J'avais mis de côté mon entraînement, alors je suis dans une forme physique pitoyable. J'aurais pu me noyer, dans le lac. Heureusement qu'on commence par la natation! Quand je suis sortie de l'eau, la dernière chose dont j'avais envie était de monter sur un vélo. Maintenant, pour la course à pied, je suis complètement impotente. Une larve, un véritable mollusque, un concombre de mer... Je vais décevoir mon équipe et la division commerciale va gagner. J'essaie de me relever. C'est inutile. Je retombe sur mes fesses et place ma tête entre mes genoux. Mon Dieu! On va me retrouver morte sur le bord de la route. J'entends des bruits de pas qui se dirigent vers moi. J'aperçois Benjamin qui me fait signe. Il arrive à mes côtés. Avant qu'il ait le temps de dire quoi que ce soit, je lui lance d'un trait:

— J'abandonne. Je ne suis plus capable d'avancer.

— Voyons, Élise, je ne te laisserai pas faire. Tu es capable de courir pas mal plus longtemps.

— Oui, mais ça, c'était avant que je sois en pleine crise d'adolescence...

Benjamin me tend un tube de gel vitaminé. J'avale le contenu en une seule gorgée.

— Allez, Élise, on se relève!

— À quoi ça sert? J'ai un très mauvais temps de toute façon. Je suis la dernière. Tu as fini depuis longtemps, non?

— Oui, mais un des participants du Commercial est tombé de son vélo. Il a dû rentrer au chalet. Tu as juste besoin de terminer pour qu'on gagne!

— Pitié, Benjamin... Je veux arrêter, je suis trop fatiguée, soufflé-je dans une longue complainte.

— C'est hors de question! Élise, debout! m'ordonne-t-il.

Il m'agrippe par les bras et me soulève. Impressionnée par son ton autoritaire, je commence à jogger.

— C'est ça, c'est bien! Il ne reste plus qu'un kilomètre!

Je cours péniblement avec Benjamin à mes côtés, qui m'encourage comme s'il était mon *cheerleader* personnel. J'ai l'impression que chacune des minutes qui passent dure des heures. Je vois enfin le bâtiment principal du complexe de villégiature et mes collègues de travail. Lorsqu'ils m'aperçoivent, ils se mettent tous à crier et à scander mon nom. Je reprends un peu d'aplomb et traverse finalement la ligne d'arrivée. Mes coéquipiers sont en extase et me félicitent. Je me laisse tomber sur le gravier. Tous hurlent de joie. Je les salue mollement de la main sans me soucier de mon apparence désastreuse, toujours affalée par terre. Simon remarque mon état et se tourne vers Benjamin, qui saute littéralement de joie.

— Je crois qu'elle a besoin d'eau, lui dit-il.

— Je vais aller en chercher, répond Benjamin en se dirigeant prestement vers le chalet.

***

— Pascal, passe-moi la clé à molette, lui commandé-je. Pas celle-là, la grosse. Non, ça ne fera pas, ça glisse… Il n'y a pas une clé à griffe dans le coffre?

Je suis à genoux à côté de la structure du bolide que nous tentons de monter. Pour notre épreuve manuelle, nous devons construire une voiture à ressorts capable de transporter une personne. Je suis tellement absorbée par l'épreuve que j'en ai complètement oublié mon pauvre corps endolori par le triathlon de ce matin. Nous travaillons sans relâche depuis plus d'une heure, habillés de pantalons noirs et de chandails rayés, le visage maquillé tout de blanc – ce qui nous enlève un peu de crédibilité…

— À griffe? me demande Pascal, perplexe.

— Misère! Tu n'es pas supposé avoir écouté plein de vidéos sur YouTube, toi? Apporte-moi le coffre!

Il s'exécute et j'en examine le contenu.

— Ils auraient au moins pu nous fournir un plan, se lamente Pascal.

— Ben oui, ironise Luc. Pourquoi ne pas nous demander de monter un meuble Ikea, tant qu'à faire!

— C'est ça, une clé à griffe! lui dis-je en lui montrant l'outil. Simon! Si tu continues comme ça, tu vas briser la mèche et on n'en a pas d'autre.

Simon est chargé de percer les panneaux de métal qui serviront pour la carrosserie de notre petit véhicule. Sandrine, elle, les peinture en y faisant de jolis motifs. Luc et Benjamin s'occupent de fixer les roues à la transmission. Pascal et moi devons assembler le moteur à ressort. J'entends un bruit inquiétant qui provient de la perceuse. Simon la tient d'un angle douteux.

— Simon, la mèche! Fais attention! Tu dois la tenir perpendiculairement au métal!

Il essaie de se placer dans une meilleure position, sans succès. Un bruit encore plus alarmant se fait entendre. Benjamin lève la tête:

— Simon, tu donnes la perceuse à Élise, ordonne-t-il. Je vais continuer sur le moteur. Il reste combien de temps?

Je rigole avec mes camarades en finissant mon dessert, assise à une grande table en plein air. Je me suis démaquillée et suis passée sous la douche, puis j'ai troqué mon costume de mime contre une robe soleil bleu clair. Nous nous amusons tous, sauf Pascal, qui bougonne parce que nous avons perdu l'épreuve manuelle. Notre petit bolide a roulé sur une bonne distance avec Simon comme conducteur, après que nous avons remonté au maximum sa grosse clé à ressort. La voiture multicolore de l'équipe gagnante ne s'est pas rendue aussi loin; elle est tombée en pièces en plein milieu de sa trajectoire. Mais comme il y avait à l'intérieur un clown qui s'est retrouvé sur les fesses avec un volant dans les mains, ils ont eu droit à une ovation debout de la part des jurés. Cette équipe a alors raflé tous les points pour l'originalité et nous a battus.

Je cherche Simon sur la piste de danse bondée du bâtiment principal. Après cette longue journée de compétitions, les employés d'Eos se déhanchent avec énergie sur de la musique pop. Il est minuit et je n'ai presque pas vu mon ami de la soirée. J'ai le sentiment que nous nous sommes perdus de vue, ces derniers temps. D'habitude, nous sommes toujours ensemble lors du Grand Weekend. J'aperçois Sandrine et Benjamin qui discutent sur un côté de la piste. Je me dirige vers eux.

— Vous avez vu Simon ?

— Il vient de partir. Il était fatigué et est allé se coucher, me répond Sandrine. Moi aussi, j'y vais.

Sandrine nous fait la bise et se dirige vers la sortie. Est-ce que je rêve ou je l'ai fait fuir ? Mais qu'est-ce qui se passe ? Normalement, lors des soirées organisées par l'entreprise, les six membres de la GEC restent à fêter jusqu'aux petites heures du matin. Je suis déçue…

— Tu sais où sont les autres ? demandé-je à Benjamin.

— Oui, ils boivent des *shooters* au bar, me répond-il en montrant Luc et Pascal du doigt.

— Quoi ! Ils n'ont pas eu leur leçon, la dernière fois ?

— Ç'a l'air que non. Parlant de la dernière fois, tu viens prendre un verre dans ma chambre ? me propose-t-il en faisant glisser doucement sa main sur mon dos.

Un frisson traverse tout mon corps et je sens le désir monter en moi. Les avances de Benjamin sont irrésistibles…

— D'accord, mais on fait ça discrètement.

— Je vais partir en premier, me murmure-t-il à l'oreille. Viens me rejoindre dans dix minutes. Chambre 23.

Je lui fais un signe de la tête en guise d'approbation. Je me dirige vers mes deux autres coéquipiers, au bar, alors que Benjamin disparaît derrière la piste de danse.

— Élise ! Où est le reste de l'équipe ? me demande Luc, un peu éméché.

— Ils sont partis se coucher.

— Voyons, qu'est-ce qu'il leur arrive ? Ils vont nous faire une mauvaise réputation ! Tout le monde va dire que la GEC ne sait pas faire la fête, bafouille Pascal.

Je me dis intérieurement que c'est plutôt lui qui risque de nous donner mauvaise réputation s'il se met à vomir sur le plancher de danse… Luc commande six autres *shooters* au barman, qui les aligne rapidement sur le comptoir. Luc en place deux devant moi. Je les repousse doucement vers lui.

— Merci, mais je n'en veux pas. Ça me monte trop vite à la tête…

— Mais ils ne sont pas forts !

— C'est quoi ?

— Guru vodka !

— Je vais passer mon tour…

— Allez, Élise ! Trinque avec nous ! *Come on*, pour la GEC ! insiste Pascal.

Les deux hommes lèvent leur verre et se mettent à crier à l'unisson : « La GEC ! La GEC ! La GEC ! » Je pouffe de rire et comprends que la seule chose qui les fera taire sera que j'avale mes consommations.

Je marche d'un pas joyeux sur le chemin extérieur mal éclairé menant à la chambre de Benjamin. Eos a réservé pour chacun d'entre nous une petite chambre en bois rond munie d'un balcon avec vue sur le lac. Je commence à ressentir l'effet des deux *shooters*, j'ai un regain d'énergie. Arrivée au numéro 23, je remarque que la porte est entrouverte. Je jette un coup d'œil autour de moi. Personne. Je m'introduis rapidement dans la chambre. Benjamin sirote un verre de vin, assis sur son lit. Il se lève lorsqu'il me voit.

— Je pensais que tu ne viendrais plus. Ç'a été bien long !

— Je sais, j'ai bu des guru vodka avec les gars, au bar. Je ne bois jamais ça, d'habitude, ça m'excite trop ! Hé, j'ai envie de faire quelque chose de spécial ! Veux-tu aller te promener dans la forêt ? On part à l'aventure !

— On va se perdre…, répond Benjamin en riant.

— Qu'est-ce qu'on fait alors ?

— On pourrait aller se baigner au clair de lune ? suggère-t-il en se laissant contaminer par mon enthousiasme débordant.

— Oui ! Bonne idée !

Nus sous nos serviettes, nous marchons sur la grève en direction d'un grand quai en forme de T. Il fait très sombre et le lac ressemble à un immense trou noir. Benjamin s'arrête net à côté de moi.

— Merde, j'ai oublié d'enlever ma montre, chuchote-t-il. Je retourne la porter à la chambre.

— Pas besoin, laisse-la sur le quai.

— Non. Je ne veux pas prendre le risque de la perdre. Ça ne sera pas long.

— D'accord, je t'attends dans l'eau.

Je continue seule et arrive au quai. J'agrippe les barreaux de métal d'une échelle installée au bout et me glisse dans l'eau. Elle est vraiment très bonne. Je me sens bien. Je fais quelques mouvements de nage et me déplace en flottant sur le dos. Je contourne le quai. J'observe les étoiles, admirative… Soudain, je touche quelque chose de vivant qui remue. Je me redresse brusquement en échappant un cri étouffé. Il y a quelque chose dans l'eau ! Mes yeux s'habituent à la pénombre et je peux distinguer le visage de Simon. J'aperçois ensuite Sandrine, derrière lui. Ils sont agglutinés l'un sur l'autre, collés contre le coin du quai. De toute évidence, ils essayaient de se cacher. Je peux remarquer que, tout comme moi, Sandrine ne porte pas de maillot de bain. C'est plus difficile à dire pour Simon, mais je me doute bien qu'il est également nu.

— Simon ! Sandrine ! Mais qu'est-ce que vous faites ?

Mon cerveau fait alors les liens. Ahhhhhh… Tout s'explique maintenant ! Leur comportement bizarre… Moi qui pensais que c'était parce qu'ils entretenaient des soupçons à l'égard de ma relation avec Benjamin, alors que c'est parce qu'ils ont une aventure !

— On se baigne…, répond évasivement Simon en nageant sur place. Toi, tu es seule?

— Ouais…, dis-je juste avant d'entendre un grand plouf.

La tête de notre chef d'équipe émerge de l'eau à côté de nous, au grand étonnement de mes deux coéquipiers.

Benjamin rit depuis cinq bonnes minutes, se tenant au quai d'une main. Il en avale même de l'eau. Il n'en revient pas. Pour ma part, j'aimerais pouvoir sortir du lac. Le visage de mon amant redevient sérieux:

— Écoutez, on s'entend que ce qui vient de se passer reste entre nous pour toujours, nous dit-il sur un ton grave.

Alors que nous nous apprêtons à acquiescer, un faisceau lumineux provenant de la rive nous éclaire. Nous en sommes éblouis. Nous entendons ensuite de grands rires.

— Hé, les gars! C'est la GEC; ils se baignent tout nus! s'époumone Étienne, des Plans et devis, entouré de ses coéquipiers.

— Énerve-toi pas, on a nos maillots de bain! ment Benjamin.

— Sors de l'eau pour voir!

— Étienne… Va chier! répond mon chef d'équipe, à court d'arguments.

Les rires de nos collègues s'amplifient. Je les entends même nous siffler.

— Ha ha ha! Ce n'est plus du *team building*, c'est du *team banging*! lance l'un d'entre eux.

Misère! Il ne manquait plus que ça…

***

Simon, Sandrine, Benjamin et moi mangeons en silence des œufs brouillés, assis autour d'une table ronde adjacente au buffet, dans la salle à manger du complexe de villégiature. Luc vient nous rejoindre en tenant une assiette comble.

— C'est quoi, cette histoire d'orgie dont tout le monde parle ce matin ? s'enquiert-il.

Je me sens rougir et n'ose pas lever les yeux de mon déjeuner. Je peux également ressentir le malaise de Sandrine, qui mange à côté de moi.

— Ce n'est rien. On est juste allés se baigner dans le lac, répond Benjamin sans émotion.

— Sérieux, je suis frustré, se moque Luc sans tenir compte de l'explication de son ami. Vous organisez une orgie et vous ne m'invitez même pas…

— C'est probablement parce qu'on est mariés, suggère Pascal, qui prend place à notre table. Mais quand même, vous auriez pu l'offrir…

— Les gars, ce n'était pas une orgie, rectifie Benjamin en montant le ton.

— Mais non…, convient enfin Pascal. Je ne pense pas qu'à quatre ça peut être qualifié d'orgie !

Luc éclate de rire et tape dans la main de Pascal, trop heureux de sa plaisanterie.

Je plie mes vêtements et les place dans ma petite valise. J'ai très hâte de finir mon bagage et de rentrer chez moi. En plus d'avoir essuyé les mille et une plaisanteries de mes collègues sur les « mœurs légères » de la GEC, j'ai mal partout. Mon corps se venge parce que je lui ai fait endurer un triathlon sans préparation adéquate. Je suis raide comme une barre, et chaque mouvement me cause des souffrances atroces. On frappe à la porte. Je délaisse ma valise et vais ouvrir. Benjamin entre et referme derrière lui. Je le regarde faire le tour de la pièce et m'assois sur le lit en grimaçant de douleur.

— Toutes les chambres sont pareilles, commente-t-il.

— Oui…, dis-je en soulevant un sourcil.

Il est venu pour me parler de la décoration du complexe hôtelier?

— Je voulais savoir comment tu vas. On s'est pas mal fait niaiser, au déjeuner...

— Ce n'est pas grave... Ils vont en revenir. Et je ne peux pas leur en vouloir, même moi je trouve ça drôle.

— Je me disais... Puisque notre secret est à moitié découvert, chez Eos...

— Je ne sais pas si on peut dire «à moitié»... Il n'y a que Sandrine et Simon qui sont au courant et ils n'en parleront pas. Pour les autres, ils s'imaginent simplement qu'on est allés se baigner nus, un écart de conduite causé par l'alcool. Je ne crois pas qu'ils pensent sérieusement que nous l'avons fait à quatre...

— Tu as raison, mais quand même... Je me disais qu'on s'entend bien et qu'on a du plaisir ensemble. Pourquoi on n'essaierait pas pour vrai? Toi et moi, plus sérieusement... Qu'en dis-tu?

Sa demande me prend complètement par surprise. Je ne m'y attendais pas du tout. Je l'observe un moment et le trouve mignon. Pauvre Benjamin, il est encore plus perdu que moi...

— Je suis vraiment flattée, Benjamin, mais ça ne fonctionnera jamais.

— Pourquoi? Tu ne t'amuses pas, avec moi? répond-il froissé.

— Benjamin, je t'adore mais...

— Quoi, je ne baise pas assez bien?

— Non! Tu es amoureux d'Émilie!

— Quoi?! Non, vraiment pas! On n'est plus ensemble depuis des mois.

— Peut-être, mais tu parles tout le temps d'elle...

— Ça ne veut rien dire.

— Combien de filles as-tu laissées pour reprendre avec Émilie?

— Quatre.

— Tu comprends que je n'aie aucune envie d'être la cinquième...

— Cette fois-ci, c'est vraiment terminé!

— La montre que tu ne voulais absolument pas perdre, hier, ce n'est pas celle qu'elle t'avait offerte en cadeau?

— C'est un souvenir…

— Et tu l'as récupérée?

— Oui. On s'est vus, la semaine passée…

— Et?

— Oui bon, on a peut-être bai…

— Épargne-moi les détails. Je ne sais pas de quoi tu as peur, mais tu devrais lui dire ce que tu ressens.

Benjamin s'assoit à côté de moi sur le lit, visiblement ébranlé. C'est comme si je venais de lui dévoiler un grand mystère de la vie…

— Je serais amoureux d'elle… C'est ce que tu penses?

— C'est ce que tout le monde pense. Parles-en à Luc. C'est la seule fille qui réussit à te déstabiliser.

— C'est ça, le problème. Ça me fait chier de me sentir vulnérable, me confie-t-il.

— Tu viens de faire mon point. En amour, c'est normal d'avoir le vertige. Une autre personne devient responsable de notre bonheur et détient le pouvoir de nous le retirer en tout temps…

Benjamin appuie son menton dans le creux de ses mains. Il semble en pleine réflexion. Je me lève et ramasse mes produits cosmétiques dans la salle de bain. Je ferme ma valise et fais le tour de la pièce pour voir si je n'ai rien oublié. Je suis prête à partir. Je me tourne vers mon ami. Il est toujours immobile, assis sur le lit. Il semble complètement perdu dans ses pensées. J'ose à peine le déranger.

— Benjamin? Il faut quitter la chambre, il est passé midi…

8

Le retour

Niveau d'énergie : 10/10
Niveau de stress : 1/10
Efficacité physique et mentale : 10/10
Sentiment général de compétence : 10/10

*E*ncore une fois, un sentiment de culpabilité m'a poussée à exagérer mon état général en remplissant ma fiche RAM. Ce matin, je me sens fatiguée et mon corps me fait encore souffrir en raison du triathlon. Mais je ne veux pas qu'on pense que mon aventure dans le lac ait affecté ma capacité à travailler. J'ai peut-être les mœurs légères, mais je suis mentalement efficace… Luc se lève de son poste et se dirige vers celui de Benjamin, qui lui fait face. Il attrape nos fiches et les feuillette.

— Simon, niveau d'énergie dix sur dix. Élise, niveau d'énergie dix sur dix. Sandrine, niveau d'énergie dix sur dix… *Wow!* Il n'y a rien de mieux qu'une bonne petite partouze pour revigorer les troupes !

Je réalise en souriant que mes collègues ont eu le même réflexe que moi. Je regarde Simon. Pour sa part, il ne semble pas trouver le commentaire de Luc très drôle. Je sens qu'il perd patience.

— Tu vas faire des blagues là-dessus combien de temps encore? s'énerve-t-il. Parce que ça commence à sentir le réchauffé…

— Oh oh, il n'y a que Benjamin qui n'est pas très en forme, continue Luc sans tenir compte de l'intervention de Simon. Quoi, ce n'était pas à la hauteur de tes attentes?

— Ta gueule, Luc, coupe Benjamin d'un ton blasé. On continue la rencontre. Est-ce que quelqu'un a un oups!?

— Moi, j'en ai un! s'exclame Pascal en se trémoussant sur sa chaise.

— Est-ce que ce oups! a un lien avec une certaine baignade? s'enquiert notre chef d'équipe.

— Peut-être…

— Bon, la réunion est terminée! conclut catégoriquement Benjamin.

Pascal fait une moue et Luc va se rasseoir à sa place. Sandrine et moi échangeons un sourire en coin. Nos collègues sont de véritables bouffons. J'allume mon ordinateur. Un de mes projets me donne du fil à retordre. Le client a exigé pour son appareil un intérieur des années 1960, style *Mad Men*. Il a également demandé un plancher de bois au fini particulier. Il n'était pas satisfait du premier plancher installé et a insisté pour qu'il soit refait. Le dossier est alors arrivé sur mon bureau. Je travaille très fort depuis deux semaines avec les fournisseurs afin de régler le problème. Je veux que tout soit absolument parfait.

***

Marie et moi buvons une bière assises à l'arrière de la voiturette de golf. Il fait chaud et nous avons abandonné la partie depuis le dixième trou. Nos deux coéquipiers, Laurent et Mathieu, la terminent sans nous. Au début de la semaine, Marie a reçu un appel de Laurent, un des hommes que nous avions croisés à notre sortie de l'auberge des Lespérance. Il lui a alors expliqué que tout était organisé pour notre fameuse partie de golf. Mon amie n'a pu trouver d'arguments pour se défiler – à ce qu'il paraît, nous aurions fortement insisté pour aller jouer avec eux. Évidemment, elle m'a forcée à l'accompagner. Nous sommes arrivées sur le terrain vêtues de nos jupes de tennis. Nous ne possédons pas d'habits pour le golf, mais pratiquons ensemble le tennis depuis longtemps. On n'y voit que du feu, puisque les vêtements sont semblables.

Au début de la partie, nous avons pris l'activité au sérieux. Malheureusement, nous sommes toutes les deux très mauvaises. Moi, je frappe très fort – quand je réussis à toucher la balle –, mais je n'ai aucun contrôle sur la trajectoire. Marie, elle, frappe droit, mais vraiment pas assez loin. Nous avons vite réalisé qu'un parcours de dix-huit trous est absolument interminable. Un insoutenable supplice. Nous avons demandé la permission à nos partenaires d'abandonner la partie et nous avons cherché asile dans la voiturette.

Je regarde les deux hommes frapper leur balle sur le vert. Mi-trentaine, ils sont plutôt mignons. Ils sont des associés au sein d'une grande firme de relations publiques. Laurent semble très intéressé par Marie. Il est nettement en mode séduction depuis qu'elle est arrivée. Mathieu est gentil et très attentionné à mon égard, mais il est marié… C'est bien ma chance! Je les vois qui se dirigent maintenant vers nous.

— Ça va toujours, les filles ? nous demande Laurent.

— Pas de problème, nous sommes très bien ! répond Marie en levant sa bière.

— Ne vous inquiétez pas, c'est le dernier trou…

Ils prennent place dans la voiturette et Laurent démarre le moteur électrique. Arrivés au trou suivant, les deux hommes redescendent, nous laissant seules.

— Je ne peux pas croire que le mien est marié… Moi qui n'ai plus de *prospect*… Si on peut dire que c'étaient des *prospects*…

— C'est vraiment terminé avec Benjamin? Je ne peux pas croire que tu as refusé sa proposition.

— Sérieusement, je n'ai aucune envie de commencer une histoire avec un gars qui *trippe* encore sur son ex...

— Très sage de ta part.

— En plus, il manquait quelque chose... Je ne me sentais pas du tout amoureuse.

— Pourtant, ça ne te ressemble pas. D'habitude, tu embrasses un gars et tu es accrochée pour longtemps... Ça ne serait pas à cause de Romain, par hasard?

— Mais non! Je te dis qu'on est juste des amis maintenant. D'ailleurs, demain je vais chez lui pour faire un casse-tête 3D du pont de Londres...

— Toute une activité!

— J'aime ça! Il m'a dit qu'il s'apprêtait à le monter et je lui ai offert mon aide.

— Vous vous parlez souvent?

— Il est venu avec moi, jeudi dernier, visiter mon père...

— Encore une fois! Combien de gars sont déjà allés visiter ton père?

— Aucun. Mais je te le jure: on n'est que des amis. Tu sauras que ça se peut, l'amitié homme-femme!

— C'est ça...

— Et toi, Laurent, comment tu le trouv... Attends, ils reviennent, ajouté-je rapidement à voix basse alors que les deux hommes apparaissent dans mon champ de vision.

Laurent replace son bâton dans son sac accroché à l'arrière de la voiturette. Il regarde Marie avec admiration:

— Je suis vraiment content de t'avoir rencontrée. J'ai toujours rêvé de sortir avec une comédienne!

Sans attendre de réponse, il prend place derrière le volant. Marie m'envoie un regard oblique des plus désabusés. Pauvre Laurent, sans le savoir, il vient de perdre toutes ses chances. Mon amie fuit comme la peste les personnes qui s'intéressent davantage à son métier qu'à sa personne.

— Bon, les filles ! On vous emmène boire un verre au club ! lance-t-il. Le sport, ce n'est absolument pas fait pour vous.

Je regarde Marie en levant un sourcil. Elle me sourit. Sans que j'aie besoin de lui parler, elle devine ce que je m'apprête à leur proposer.

— Est-ce qu'on peut louer des raquettes pour jouer sur le terrain de tennis du club ?

— Oui.

— D'accord, on vous invite à jouer une partie. C'est à notre tour de vous donner une raclée !

**

Je cherche des yeux la vendeuse de la petite boutique de vêtements pour dames. Ah, la voici ! Je lui fais signe de la main et elle vient à ma rencontre.

— Avez-vous ce chandail dans d'autres couleurs ?

— Gris, émeraude et violet.

— Parfait ! Pouvez-vous les apporter dans la cabine de mon amie ?

Je suis venue rejoindre Sara au centre-ville sur l'heure du lunch pour l'aider à se trouver des vêtements mieux adaptés à son ventre qui s'arrondit. Elle était désespérée, au téléphone. Ceux qu'elle possède sont maintenant trop serrés et elle flotte dans les vêtements de maternité… Je l'ai emmenée dans une boutique que je connais bien et qui offre une belle collection. J'entends mon nom. Sara sort de la cabine vêtue d'une robe bleu marine taille empire qui lui va comme un gant.

— Merci, Élise, d'être venue avec moi. Je commençais à déprimer… J'ai hâte que mon ventre grossisse… Je n'ai pas l'air d'être enceinte, juste d'avoir mangé trop de gâteaux…

— Arrête, tu es magnifique ! Tu vois, tu paniquais pour rien. Même si c'est trop tôt pour le linge de maternité, c'est encore possible de trouver des vêtements qui te vont bien parmi ceux qui sont ordinaires. Il faut juste trouver les bonnes coupes !

La vendeuse arrive avec les chandails que je lui ai demandés.

— Regarde ceux-ci avec le décolleté en V. C'est un modèle long. Tu vas pouvoir les porter avec tes tailleurs et laisser le bouton de tes pantalons détaché. Je vais te montrer comment les attacher avec un élastique à cheveux.

— Oh, tu es vraiment la reine du magasinage !

Sara et moi sortons de la boutique avec deux grands sacs pleins. Une femme âgée d'une cinquantaine d'années s'arrête devant nous et s'égosille :

— Sara ! Ma belle Sara ! Ta mère m'a annoncé la bonne nouvelle. Félicitations ! Quel bonheur ! Comment te sens-tu ?

Mon amie affiche un sourire timide, elle qui déteste les grandes démonstrations d'émotions.

— Je vais bien... Élise, je te présente ma tante Line, la sœur de ma mère.

— Bonjour, Line...

La tante de Sara ne me prête aucune attention. D'un geste instinctif, elle se met à tâter le ventre de sa nièce, qui se raidit mais demeure polie. Sara m'avait prévenue que, souvent, les gens agissent avec les femmes enceintes comme si elles étaient des biens publics qu'on peut manipuler à volonté. Elle m'a même raconté que la grand-mère de Vincent lui avait pris les seins en lui disant qu'ils avaient grossi...

— Tu es radieuse. C'est certain que tu attends un garçon !

— Ah bon ? répond mon amie, perplexe.

— Mais oui. Si c'était une fille, tu ne serais pas aussi belle ! explique Line comme s'il s'agissait d'un fait scientifique. Les bébés filles volent la beauté de leur mère lorsqu'elles sont dans leur ventre.

Sara reste bouche bée devant les paroles de sa tante. Je la prends par le bras et lui rappelle « notre rendez-vous très pressant ». Line lui fait une grosse bise mouillée et nous laisse enfin partir.

— C'est quoi ça, les filles qui volent la beauté de leur mère ?

— J'ai déjà entendu ce commentaire, c'est une vieille superstition…

— Mais c'est donc bien sexiste ! s'indigne ma copine. La fille n'est même pas née qu'on la met en compétition avec sa mère ! C'est absolument scandaleux !

— C'est vrai que c'est ordinaire…

Sara arrête de marcher et caresse son ventre. Elle s'adresse à son bébé :

— Ne l'écoute pas, Cachou, c'est une méchante, méchante, méchante tante. Si tu es une fille, ne t'en fais pas ; ce n'est pas vrai, toutes ces bêtises…

J'éclate de rire. Sara est absolument adorable.

✳✳✳

— Quel était le président du pays hôte des Jeux olympiques d'hiver de 2002 ?

— George W. Bush ! m'exclamé-je avec trop d'enthousiasme.

Romain me tape dans la main alors que Sandrine m'envoie un regard blasé. J'ai invité Sandrine et Simon à souper. Ce dernier m'a confié, peu après notre rencontre impromptue aux abords du quai, que leur relation commençait à devenir sérieuse. Le couple jongle maintenant avec l'idée de « sortir du placard ». Ils hésitent encore, ayant peur que leur relation soit disséquée et observée à la loupe par les membres de notre équipe. Je leur ai suggéré d'y aller selon leur rythme en promettant de garder le secret. Je suis heureuse pour mes amis. Je considère qu'ils font un très beau couple. Comme nous aimons jouer à des jeux de société, j'ai invité Romain, qui les adore également.

Malheureusement pour mes collègues de travail, Romain et moi formons une équipe imbattable. Nous avons déjà gagné les deux premières parties et sommes en voie de les battre pour une troisième fois. Nous nous complétons parfaitement. Moi, je suis très forte dans les questions sur les sports et les sciences. Mon coéquipier n'en rate pas une sur les arts, la langue française et l'histoire. En plus des questions de connaissance générale, le jeu nous demande d'accomplir certaines épreuves manuelles. L'une d'elles est de dessiner les yeux fermés afin de faire deviner à son partenaire le nom d'un film, un proverbe, un personnage historique, etc. En quelques secondes, et les yeux bandés, Romain avait réussi à faire un dessin digne d'une planche de bande dessinée…

— Bon, c'est encore à votre tour. Je pige une carte…, dit Simon.

— Si on a la bonne réponse, on gagne la partie! souligné-je sur un ton moqueur alors qu'il lit pour lui-même la question avant de nous la poser.

— Ah non! Ce n'est pas juste! Vous êtes vraiment des pleins de marde! se lamente-t-il. Bon, la voici: en physique, quel nom donne-t-on à l'étude des mouvements?

— Ha ha ha! m'esclaffé-je. C'est vrai que ce n'est pas juste! La cinématique!

— Oh… On n'aurait pas pu tomber sur cette question? se plaint Sandrine.

Romain et moi nous levons pour nous faire une accolade et, évidemment, entamer la danse de la victoire!

— Bon, bon, bon… Nous, on doit y aller, dit Simon en se levant.

Il s'approche de Romain et lui serre la main.

— On refait ça bientôt! Mais la prochaine fois, on change les équipes…

154

— C'est hors de question, m'indigné-je.

— Simon a raison, seconde Sandrine. Lui et moi, on possède les mêmes forces et, malheureusement, les mêmes faiblesses... C'est à mon tour d'être en équipe avec Romain !

— Absolument pas, lance Simon. On fera les filles contre les gars !

— Non ! Je sais ! On fera tirer Romain au sort ! propose Sandrine avec vigueur.

Romain rit alors que mes collègues argumentent à son sujet. Je suis bien heureuse de voir qu'ils ont adopté si rapidement mon nouvel ami.

Mes invités viennent de partir et je range le jeu de société étalé sur la table à café du salon. Nous avons passé une très belle soirée. Simon m'a envoyé un message texte peu après être sorti de chez moi, me remerciant et me disant qu'il trouvait Romain super. Je ne suis pas étonnée, qu'est-ce qui n'est pas aimable, chez lui ?

***

Je me sers de la salade au buffet froid de la cafétéria d'Eos. Benjamin arrive à mes côtés et attrape des tomates cerises à l'aide d'une grande pince pour les mettre dans son assiette. Il se tourne vers moi.

— Comment ça va, Élise ? Tu as l'air vraiment en forme ces temps-ci.

— J'ai recommencé à m'entraîner depuis ma déconfiture au Grand Week-end. Depuis, je cours quarante-cinq minutes tous les matins et je me sens vraiment mieux. Toi, comment tu vas... avec Émilie ? osé-je lui demander.

— Nous avons repris. Merci, Élise, répond-il en m'adressant un petit sourire avant de s'éloigner pour aller au comptoir des sandwichs.

Je suis heureuse pour lui. J'espère moi aussi trouver l'âme sœur... Je tourne les talons pour passer à la caisse. Contre toute attente, je tombe nez à nez avec Jonathan, ma « non âme sœur ». J'en renverse presque mon plateau de nourriture.

— Élise ! échappe-t-il, tout aussi surpris que moi – alors que lui devait quand même se douter qu'une telle chose finirait par se produire.

— Jonathan, qu'est-ce que tu fais ici ? Tu n'es pas supposé être en Afrique ?

— Je suis revenu il y a deux semaines. J'ai pu réintégrer mon poste.

— C'est bien pour toi…, bredouillé-je, ne sachant pas du tout quoi lui dire et voulant juste m'en aller.

— Ç'a vraiment été une expérience incroyable au Kenya. J'ai même rencontré une fille là-bas, continue-t-il.

Au secours ! Est-ce que quelqu'un peut venir me sortir de cette conversation ?

— Félicitations… Bon, je vais y aller…

— Nous attendons un bébé. C'est un accident, mais on a décidé de le garder et on est vraiment heureux. Nous avons été obligés de rentrer à Montréal. Tu comprends, je dois travailler ; ça coûte cher, les enfants…

Je suis complètement ahurie. Je me sens perdre tous mes moyens, en plein milieu de la cafétéria. J'encaisse le coup et m'appuie sur le bord du comptoir métallique du buffet. J'avale ma salive de travers et lève les yeux vers lui. Non mais, tu parles d'un con ! J'ai envie de le battre avec mon plateau.

— C'est quoi, ton problème, de me dire ça de même ? Essayer de ménager mes sentiments, toi, ça ne t'est pas passé par la tête ?

— Ne capote pas… Je te l'ai dit parce que je savais que tu étais pour me juger parce que je n'ai pas terminé la mission. Tu n'as jamais cru que j'étais capable de faire une différence en Afrique… De toute façon, tu aurais fini par l'apprendre…

Je lui envoie un regard meurtrier. J'étouffe, j'ai besoin d'air. La réalité me rattrape et me gifle en plein visage. J'étais en relation avec un homme qui, de toute évidence, ne m'aimait pas puisqu'il s'engage avec la première venue. Je suis seule et personne ne va s'intéresser à une femme quasi infertile de trente ans. Je sens la nausée monter. J'abandonne mon repas sur le comptoir et me dirige vers la sortie.

Tout l'après-midi, je broie des idées noires, assise à mon bureau, alors que mes collègues sont concentrés sur leurs projets respectifs. «*C'est un accident, mais on a décidé de le garder et on est vraiment heureux.*» Je ne peux pas le croire. La simple idée de déménager avec moi l'a poussé à partir pour l'Afrique. Je pensais qu'il avait peur de l'engagement, je me suis trompée. En réalité, il avait peur de l'engagement *avec moi*. Mais qu'est-ce que j'ai de si rebutant? Ah oui, je ne le faisais pas se sentir assez homme… Une femme castratrice, c'est ça que je suis. Je ferais mieux d'aller m'acheter des chats tout de suite, les décennies qui viennent risquent d'être longues, toute seule. La vie est injuste. Ce qui est pour moi si difficile s'est présenté à lui sur un plateau d'argent. Une amoureuse et un bébé. Tadam! Il a une famille! Et moi, je n'en aurai probablement jamais…
En plus, la manière avec laquelle il me l'a annoncé! Mais qui agit comme ça? Il ne le sait pas, pour la ménopause précoce, mais tout de même. Il sait que j'étais amoureuse de lui et que je voulais qu'on habite ensemble, qu'on bâtisse un avenir pour nous deux… Quel minable! «*Chérie, on déménage ensemble! Chérie, au lieu de déménager avec toi la semaine prochaine, je pars à l'étranger pour un an! Chérie, je suis de retour après quatre mois avec une femme et un bébé! Ha ha ha, je suis tellement plus heureux depuis que nous ne sommes plus ensemble! C'est vrai, depuis qu'on est séparés, je me sens beaucoup mieux. Mon pénis a même allongé d'un pouce!*»
Mon imitation mentale de Jonathan est interrompue par la sonnerie de mon téléphone de bureau.

Je regarde sur l'afficheur et peux lire le nom de Charles Beaulieu, le directeur du Service à la clientèle. Je réponds et il m'explique que le client est insatisfait du nouveau plancher que nous venons d'installer dans son jet – celui avec un intérieur à la *Mad Men*. Charles vient tout juste de le lui montrer. Le client est mécontent et lui aurait dit qu'il considère que nous n'avons pas mis les efforts nécessaires. Je suis absolument furieuse. J'ai travaillé sur ce projet pendant des semaines et j'y ai mis toute mon énergie. Le directeur du Service à la clientèle me demande s'il m'est possible de venir lui soumettre des alternatives. Le client est encore à l'intérieur du jet, sur la piste de l'entreprise, et il aimerait lui proposer autre chose avant qu'il reparte. L'appel de mon collègue arrive au pire des moments. La rage qui bouillonne en moi depuis ma rencontre avec Jonathan culmine. J'attrape mon dossier et me lève d'un bond. Je me dirige d'un pas décidé non pas vers le bureau de Charles, mais vers la piste.

Je grimpe deux par deux les marches du petit escalier qui mène à la cabine du jet privé. Sitôt entrée dans le magnifique appareil, j'aperçois le client, seul, assis dans un des luxueux fauteuils. Je me dirige vers lui et ouvre mon dossier.

— Bonjour. Je m'appelle Élise Dubé et c'est moi qui me suis chargée du nouveau plancher, lui lancé-je d'un ton assuré avec un débit rapide pour l'empêcher de m'interrompre. On m'a informée que vous pensez que nous n'avons pas mis les efforts nécessaires. Eh bien, laissez-moi vous expliquer en détail les étapes qui ont été effectuées pour arriver au produit final :
– une étude avec les départements de l'Ingénierie et de la Production afin d'élaborer une stratégie de changement ;
– une rencontre avec les directeurs de tous les départements afin de présenter la stratégie de changement choisie ;
– cinq rencontres avec cinq fournisseurs différents ;

– une étude effectuée par le département des Matériaux et procédés après la sélection de deux fournisseurs;

– une autre rencontre avec les directeurs de tous les départements afin de ne retenir qu'un seul fournisseur et d'approuver la stratégie finale;

– une revue technique des impacts sur l'ingénierie de l'appareil;

– une revue afin d'obtenir l'approbation du département de l'Assurance qualité;

– une rencontre supplémentaire avec les directeurs de tous les départements afin de nous ajuster aux recommandations de l'Ingénierie et de l'Assurance qualité;

– la mise en production et l'installation;

– un contrôle par les départements de l'Assurance qualité et du « Air Worthiness » ;

– une dernière rencontre avec les directeurs de tous les départements pour l'approbation finale du produit installé.

Et je poursuis de plus belle, toujours sans le laisser parler:

— Donc, si je fais le calcul, l'installation de votre plancher a nécessité neuf rencontres avec plus de trente personnes différentes, deux études, deux revues et un contrôle, sans compter les étapes de la planification, de la production et de l'installation du produit. Ainsi, vous pouvez peut-être trouver que le plancher n'est pas à votre goût, mais certainement pas que nous n'avons pas fait les efforts nécessaires!

Le client me regarde avec stupéfaction, sa bouche s'ouvre mais aucune parole n'en sort. J'ai peut-être marqué un point, mais ma belle assurance se dissipe complètement. Je retombe sur terre. Mon Dieu, qu'est-ce que j'ai fait? Manquer de courtoisie à l'égard d'un client qui nous donne 74 millions de dollars en échange d'un jet est une très mauvaise idée. Je ne suis même pas supposée entrer en contact avec lui directement… Il ne répond toujours rien. Misère! Peut-être qu'il ne parle même pas le français! Je feuillette rapidement mon dossier et trouve son nom. Louis Bennett… Anglophone ou francophone? J'espère qu'il ne parle qu'anglais, ce serait mieux pour moi.

— Est-ce que vous parlez français? lui demandé-je avec une petite voix – je me sens tellement idiote.

— Oui. Donc, votre nom est Élise Dubé, c'est bien ça? répond-il enfin sans aucun accent.

— C'est mon nom, et c'est moi qui étais en charge du projet…, dis-je en riant nerveusement.

— J'ai bien compris cela.

— Bien. Si vous avez besoin de quoi que ce soit, faites-le-moi savoir. J'allais justement rencontrer le directeur du Service à la clientèle pour lui soumettre des alternatives…, lui suggéré-je dans une tentative de sauver ma peau.

Louis Bennett me fixe encore une fois sans rien dire. Il va demander mon renvoi, c'est certain! Je me sens terriblement mal mais ne trouve aucune formule pour m'excuser. Il ne me reste qu'une chose à faire : déguerpir. Je le salue maladroitement et descends en vitesse de l'appareil.

Je suis de retour à mon bureau. Dans mon énervement, j'ai oublié Charles Beaulieu et me suis rendue directement au local de la GEC. J'essaie de me calmer et de trouver le courage d'aller le rejoindre. Je ne suis pas fière de moi. J'ai envie de me cacher dans ma poubelle. *Allez, Élise, fais une femme de toi!* Je m'apprête à me lever, mais le directeur du Service à la clientèle apparaît sur le seuil de la porte. Mon estomac se noue.

— Élise! Je viens de discuter avec M. Bennett! Tu lui as parlé?

C'est la fin. Je vais me faire renvoyer. J'ai commis le seul geste que l'entreprise ne pardonne pas, soit risquer de perdre un client et une vente. Je suis la dernière des connes, la plus stupide des stupides… Qu'est-ce qui m'a pris ? Je me suis laissé emporter par mes émotions, et les doses d'hormones que j'ingère tous les matins n'ont certainement pas aidé.

— Oui… Je suis désolée…

— Je voulais te voir dans mon bureau, pas dans l'appareil. Tu as dû mal comprendre.

— C'est ça, j'ai mal compris…, réponds-je en saisissant l'excuse qu'il m'offre, même si cela ne changera pas grand-chose.

— Je ne sais vraiment pas ce que tu lui as dit, mais…

— Je n'aurais pas dû…

— … il a décidé de prendre l'avion tel quel, finalement. Il est super content !

Je le regarde sans trop comprendre. J'ai l'impression que le ciel s'ouvre. Je suis sauvée !

— Il m'a demandé s'il pouvait avoir tes coordonnées, car il aimerait t'inviter à prendre un café, ajoute Charles en m'envoyant un clin d'œil. Veux-tu que je lui donne ton numéro de téléphone ?

Revirement complet de situation ! Ha ha ! Louis Bennett veut un rendez-vous avec moi. Je me bidonne intérieurement. Devant cette révélation du directeur, Benjamin lève la tête de son ordinateur :

— *No fucking way !* échappe-t-il. Le client qui achète un jet à 74 millions veut sortir avec Élise ?

— De quoi il a l'air ? s'enquiert Sandrine.

— Euh… C'est un bel homme… Je n'ai pas trop remarqué, à vrai dire, réponds-je.

— Ça doit être un papi ! coupe Luc.

— Non, non, mi-trentaine, je crois.

— Wouhou ! Élise a gagné le jackpot ! s'écrie Pascal.

— Franchement ! Comme si elle était du genre à sortir avec un gars juste parce qu'il est riche ! me défend Sandrine. Mais tu vas lui laisser ton numéro, hein ?

Certainement, que je vais lui laisser. La demande de Louis Bennett tombe parfaitement. C'est exactement ce dont j'avais besoin pour faire «passer la pilule» de Jonathan. Il y a un peu moins d'une heure, je me sentais inadéquate et repoussante. Grâce à mon client, je me sens maintenant attirante et sexy. Je lui en dois déjà une.

***

Je dévore une pointe de gâteau au chocolat nappé de caramel comme si j'avais jeûné depuis des mois et qu'il s'agissait du dernier morceau de nourriture sur la planète. Sara, qui est assise devant moi, mange également avec appétit un éclair double ganache. Nous nous sommes donné rendez-vous dans un joli restaurant réputé pour ses pâtisseries.

— C'est infernal, au bureau. J'ai l'impression que je déçois tout le monde, me confie mon amie. Tu aurais dû voir la tête de mon chef de secteur lorsque je lui ai dit que j'envisageais de prendre une année entière de congé de maternité...

— Je ne sais pas pourquoi on appelle ça un «congé» de maternité. Ce n'est pas comme si c'étaient des vacances, que de s'occuper d'un nouveau-né!

— Mais c'est comme ça qu'ils me font sentir, comme si je m'en allais jouer! C'est absolument déchirant. D'un côté, je culpabilise parce que je laisse tomber mes responsabilités au bureau et mes clients. D'un autre côté, je culpabilise parce que j'ai peur de ne pas avoir assez de temps et de ne pas être une bonne maman...

— Ma pauvre chouette, c'est certain que tu vas être une maman extraordinaire!

— J'espère... Et toi, tu te remets du retour de Jonathan chez Eos?

— Tranquillement. J'ai failli me laisser emporter par le *spleen*... Mais Louis Bennett a demandé mes coordonnées et j'ai l'intention d'en faire mon «idéal». Ha ha ha! Le *spleen* et l'idéal... il n'y a pas que Romain qui peut citer les grands auteurs!

— As-tu eu des nouvelles de ce Louis?

— Pas encore. Mais ça ne fait que deux jours… Je te le dis, s'il m'appelle, je vais tout faire pour que ça marche. Pas d'Élise castratrice, oh non! Je ne vais pas être plus manuelle que lui, le battre dans les sports, tuer ses rêves avec mon attitude trop terre à terre et… quoi d'autre? Ah oui! Je ne lui parle pas de bébé!

— Ben voyons! Il faut que tu sois toi-même!

— *Nope!* Élise au naturel chasse les hommes jusqu'en Afrique!

***

Je fixe le plafond de ma chambre à coucher. Il est presque 2 heures et je crois bien que je ne m'endormirai jamais. Mais qui invite encore des filles dans un café pour un premier rendez-vous? Je vais vous le dire: Louis Bennett! Je pensais qu'il avait dit au directeur qu'il voulait m'inviter à prendre un café pour être poli et qu'il m'inviterait au final à aller boire un verre… Mais non, il a suivi son premier plan. Nous nous sommes donc rencontrés à la maison de torréfaction *Le bon grain*, dans le quartier Outremont.

C'était la haute voltige du rendez-vous: aucune lumière tamisée pour créer une ambiance propice à la confidence et cacher les imperfections physiques, aucune musique pour combler les creux de la conversation et aucune boisson alcoolisée pour contrer la nervosité. J'avais l'impression qu'il s'agissait d'une entrevue pour un emploi… Tout de même, Louis s'est montré très agréable. Il m'a posé une multitude de questions sur mon travail, ma famille et mes aspirations dans la vie. Il m'a beaucoup parlé de lui aussi et de ce qu'il recherchait chez une future partenaire. J'ai pu mieux l'observer. C'est assurément un bel homme; grand, svelte, les cheveux bruns courts et les yeux bleus. Il a même réglé ma facture: trois cappuccinos qui m'empêchent maintenant de dormir…

J'entre dans le local de la GEC. Mes cinq collègues s'arrêtent aussitôt de parler et me dévisagent. Ça m'apprendra à leur avoir mentionné, hier, que j'avais rendez-vous avec Louis Bennett. Je me dirige tranquillement vers mon bureau en les ignorant. Je sens sur moi leurs regards inquisiteurs.

— Batinse, Élise! On veut savoir! explose Luc.

— Ouiiiiiiii! Raconte! implore Sandrine.

— D'accord. Ça s'est bien passé... Je crois...

— Yé! Élise va se marier avec un multimillionnaire! s'exclame Pascal.

— Je vais crever votre balloune tout de suite; il n'est pas millionnaire. Il était seulement chargé d'acheter le jet pour la compagnie pour laquelle il travaille...

— Bah... Laisse-le tomber dans ce cas-là, plaisante Benjamin.

— Il est quand même le vice-président de Telec Canada, la deuxième plus grosse entreprise au pays. Pas si mal, à trente-six ans...

— Qu'as-tu appris d'autre sur lui? Allez, je veux des détails, insiste Sandrine.

— Eh bien, son père est professeur d'économie à l'université, sa mère est médecin, il a un grand frère, il a fait ses études au HEC, il a un chien qui s'appelle Grisou...

— Pouhahaha! Grisou! Ça ne fait pas très viril! me coupe Luc.

— Ton chien ne s'appelle pas Pompon, par hasard? lui lance Sandrine.

— Ça ne compte pas, c'est ma fille de six ans qui a choisi son nom..., se défend Luc.

— Pourquoi tu n'es pas certaine que ça s'est bien passé? Tu as dit «je crois», me demande Simon.

— Je ne sais pas. J'ai trouvé ça un peu impersonnel comme rendez-vous. J'avais l'impression de répondre à une série de questions formatées comme celles du questionnaire pour le *speed dating*.

— Quoi? Tu as déjà fait du *speed dating*? s'esclaffe Luc. Ha ha ha! Je ne peux pas le croire!

— As-tu rencontré quelqu'un, là-bas? As-tu au moins eu droit à une petite *vite*? ajoute Benjamin en se levant pour aller taper dans la main de Luc.

Misère! J'ai manqué une belle occasion de me taire…

***

— Non, ça ne marche pas! S'il est venu du futur pour régler le problème et que finalement c'était lui la cause, et qu'il se tue, comment il serait d'abord venu, puisque sans le problème du départ il n'aurait jamais voulu voyager dans le passé? expliqué-je avec énergie.

— Justement, un futur alternatif vient d'être créé, argumente Romain comme si c'était une évidence.

— Oui, mais dans l'histoire, c'est la première fois que le personnage voyage dans le temps, puisque nous le voyons passer au travers de toute sa vie sans rencontrer son vieux lui-même. Et son jeune lui-même ne commettra l'erreur fatale qu'en raison de sa présence dans le passé… Alors qu'est-ce qui, au départ, a causé le problème qui le pousse à voyager dans le temps, si c'est justement ce voyage qui a causé le problème?

— Ouais, tu marques peut-être un point, répond Romain après avoir réfléchi longuement à la question.

— Je te le dis, c'est presque impossible de raconter une histoire avec des va-et-vient dans le temps sans faire d'erreurs!

Romain et moi venons d'écouter un film de science-fiction, bien avachis sur le futon de son atelier. Comme nous avons maintenant l'habitude de le faire, nous passons le scénario au peigne fin.

— Moi, c'est toute l'histoire de la machine à énergie perpétuelle qui m'a fait décrocher. C'était une erreur d'expliquer avec autant de détails comment elle fonctionne. Ça sert à quoi de présenter une série d'explications scientifiques qui ne tiennent pas la route ? Ils auraient juste dû dire : la voici et elle fonctionne !

— Savais-tu que j'ai déjà dessiné un modèle de machine à énergie perpétuelle ? lui annoncé-je fièrement.

— C'est impossible ! s'esclaffe-t-il.

— Je vais te le montrer ! dis-je en attrapant un calepin et un crayon.

Je me mets à esquisser mon invention – c'était un projet que j'avais élaboré lors d'un camp d'été en physique auquel j'avais participé à l'âge de quinze ans. Je termine mon dessin et le montre à Romain.

— Oui, mais ça ne crée pas d'énergie, ça ne fait que la conserver et il faut une poussée de départ ! remarque-t-il.

— Romain, est-ce qu'il y a des rues, des écoles, des ponts ou un pays qui portent mon nom ?

— Ha ha, non !

— Exactement ! Si j'avais vraiment inventé une telle machine et donc changé le cours de l'histoire, je serais la personne la plus connue du monde ! C'était juste un de mes projets lorsque j'étais jeune, que je n'ai jamais réalisé…

— C'est quand même pas mal. Je me demande combien de temps ta turbine fonctionnerait, une fois lancée… Toujours, peut-être.

— Même si j'ai tenté de diminuer au maximum la friction, c'est sûr qu'elle finirait par s'arrêter.

— On l'essaie ! J'ai du matériel et du Plexiglas. On peut facilement la monter !

— Quelle bonne idée ! dis-je avec excitation en applaudissant.

***

Sara prend un petit pain et donne le panier en osier à Marie, qui se sert à son tour. Nous profitons de cette belle matinée de dimanche pour bruncher sur la terrasse d'un de nos restaurants préférés.

— C'est super de pouvoir manger dehors, souligne Sara. Bientôt, il fera trop froid. Les feuilles dans les arbres commencent déjà à changer de couleur. Comme je déteste l'automne!

— Moi, c'est l'hiver qui me dérange, dit Marie.

— Oui, mais l'automne est le prélude à l'hiver! réplique Sara.

Sans m'en rendre compte, je laisse échapper un long bâillement.

— Tu as l'air fatigué, remarque Sara.

— Oh, j'ai passé la nuit avec Romain...

— Quoi?! Je pensais que c'était terminé avec lui! s'exclame Marie.

— Ce n'est pas ce que vous pensez. On a travaillé jusqu'aux petites heures du matin sur la fabrication d'une machine à énergie perpétuelle.

— Quoi? interroge Sara en riant.

— Ouais, bon. Ce n'est pas une vraie machine à énergie perpétuelle... En plus, elle ne conserve pas très longtemps son énergie. Il faudrait pouvoir enlever tout l'air et utiliser des supraconducteurs. Peut-être qu'avec des aimants aussi...

— Et tu es restée toute la nuit avec Romain pour ne faire que ça? me demande Marie en fronçant les sourcils, incrédule.

— Oui. Je vous le dis, il ne s'est rien passé d'autre... Nous sommes des amis!

— Et il le sait, ça? s'enquiert Sara.

— Mais oui! Je lui ai même parlé de Louis! dis-je en m'énervant un peu.

— D'accord, d'accord! abdique Marie. Mais disons... disons que c'est...

— TRÈS LOUCHE! termine Sara.

***

Je cherche encore le sommeil, seule dans mon lit. Cette fois, aucun cappuccino n'est la cause de mon insomnie. Je n'ai pas eu mes règles depuis huit semaines et j'ai décidé d'aller consulter ma gynécologue. Elle était très positive, beaucoup plus que la dernière fois. Elle m'a expliqué que ce n'est pas étonnant, que mon corps s'adapte lentement aux hormones. Selon elle, comme je les ai eues deux fois depuis le début de mon traitement, les probabilités sont fortes pour que mon cycle finisse par se régulariser et que mes règles reviennent pour plusieurs années. Malgré l'optimisme de mon médecin, je ne peux m'empêcher d'angoisser. Je voudrais tellement revenir « à la normale ». Et puis je ne peux m'empêcher de cogiter sur ma relation avec Louis, qui va selon moi drôlement.

Nous sommes allés trois fois au restaurant et deux fois au cinéma. Il est toujours très gentil et me rappelle immanquablement après chaque sortie pour me dire que c'était formidable. En revanche, je n'ai pas l'impression de le connaître vraiment. C'est comme s'il n'y avait pas de connexion. Je me demande s'il s'intéresse réellement à moi. Nous n'avons pas encore été intimes. Nous ne nous sommes embrassés qu'à deux occasions, de manière très pudique. Est-ce qu'il y a quelque chose que je fais de travers ? Pourtant, je me donne à fond pour lui plaire. Peut-être que nous ne sommes pas compatibles, qu'il n'est pas le bon partenaire pour moi. Je ne sais plus trop quoi en penser.

Je me fais la morale. Encore une fois, je tente de saboter un début de relation ! Louis est super. Il est même parfait. C'est un homme sérieux qui veut s'engager à long terme. Il me l'a confié. Nous sommes rendus à la même place dans nos vies. Je dois simplement redoubler d'efforts pour qu'il soit fou de moi !

Louis m'ouvre la porte d'un restaurant portugais du boulevard Saint-Laurent. Il m'a invitée à souper en compagnie de ses deux meilleurs amis, Benoît et

Patricia. Ces derniers forment un couple depuis de nombreuses années et sont, selon mon compagnon, un modèle à suivre. Je suis très heureuse qu'il veuille me présenter à ses amis ; nous passons à une autre étape. Le restaurant au design rustique est bondé. Louis aperçoit ses copains au bar. Nous allons les rejoindre et ils me font la bise. Notre table n'est pas encore prête et nous commandons chacun un verre de vin en attendant. Benoît commence aussitôt à parler d'un de leurs amis, Max, qui aurait des problèmes avec ses voisins. J'ai beaucoup de difficulté à participer à la conversation puisque je ne connais ni les détails de l'histoire ni les acteurs en cause. Personne n'a jugé bon de me faire un résumé, même si j'ai demandé ce qui s'était passé. La nervosité s'empare de moi. Patricia et Benoît risquent de me trouver inintéressante. J'ai peur de ne pas être à la hauteur. Nous finissons nos verres tandis que le serveur nous indique que nous pouvons enfin aller nous asseoir à notre place.

Nous le suivons jusqu'à une table flanquée d'une banquette et d'un long banc en bois. Patricia et Benoît prennent place sur le banc et je les contourne pour m'installer sur la banquette. Je m'assois trop rapidement et, à ma grande surprise, je tombe par terre. Il ne s'agissait pas d'une banquette, mais de deux grosses bûches de bois accolées à un dossier en cuir fixé au mur. J'ai glissé entre les deux ! Je me relève rapidement en riant de bon cœur de ma maladresse.

Je réalise malheureusement que je suis la seule à rire. Je m'arrête d'un coup. Patricia et Benoît font des efforts évidents pour fuir mon regard et Louis semble très mal à l'aise. Il me demande si je me suis blessée. Je lui réponds que non. Il me dit ensuite que c'est l'important et change immédiatement de sujet. Je suis déstabilisée par sa réaction. J'ai l'impression qu'il a honte de moi. Mon Dieu, il ne va quand même pas me laisser pour ça ? Heureusement qu'il ne m'a pas vue avec la fontaine de chocolat...

Les trois continuent leur discussion hermétique concernant les ennuis de Max. Impossible pour moi d'y participer. Ils sont enfin interrompus par le serveur, qui vient prendre notre commande. Il nous demande ensuite ce que nous voulons boire. Chacun d'eux reprend la même consommation qu'au bar. Alors que je m'apprête à répondre, Louis me coupe :

— Elle va prendre de l'eau, merci, monsieur.

Le serveur s'éloigne et je regarde mon compagnon avec étonnement.

— Je pense que tu es mieux de boire de l'eau pour l'instant, il ne faudrait pas que tu tombes encore de ton siège, m'explique-t-il sur un ton mi-blagueur, mi-sérieux.

Je ne sais pas trop comment réagir. Je me sens mal. Un mélange d'humiliation et de colère envers moi-même. C'est quoi, mon problème ? Je suis incapable de bien me tenir à table. Je suis toujours trop énervée et impulsive. Aurais-je gâché mes chances avec Louis à cause d'une simple maladresse ? Pour leur part, Patricia et Benoît éclatent de rire. Bon, au moins, ils sont capables de rigoler, ces deux-là…

Je termine mon dessert. Le reste du souper s'est plutôt bien déroulé, malgré son début difficile. Mes comparses ont finalement mis de côté les problèmes de voisinage de leur ami et j'ai pu m'intégrer à la conversation. J'ai fait attention de ne plus faire de bêtises et d'avoir l'air plus calme. Patricia lève la tête :

— Ah oui ! Comment vous êtes-vous rencontrés, vous deux ? demande-t-elle. Je suis curieuse.

— J'étais allé voir le nouveau plancher du jet privé de Telec, commence Louis. Je passais une très mauvaise journée et je voyais tout en noir. Je ne sais pas pourquoi, mais je ne le trouvais pas à mon goût. Les gens d'Eos m'ont laissé seul dans l'appareil et j'étais très insatisfait. C'est à ce moment-là qu'est apparue une femme magnifique !

— Moi, j'étais frustrée parce qu'il avait dit qu'on n'avait pas assez travaillé, ce qui était absolument faux. Alors j'ai décidé sur un coup de tête d'aller le voir directement dans le jet, brisant la *Prime Directive* d'Eos...

— La *Prime* quoi? m'interrompt Benoît.

— Oui, la *Prime Directive*. C'est le grand principe conducteur, dans *Star Trek*. Vous n'avez jamais entendu ça?

Les trois me regardent comme si j'étais une des extraterrestres de la série. À voir leur tête, ils ne sont certainement pas des fans de science-fiction. J'ai même l'impression qu'ils trouvent ça ringard... Note à moi-même: ajouter les commentaires *geeks* à ma liste des choses à ne pas faire!

— Peu importe, continué-je. Je vais le trouver dans le jet et lui déballe mon sac. Je lui explique en détail tous les efforts qu'on a déployés pour remplacer le plancher. Lorsque j'ai terminé, il me fixe sans rien dire. J'avais l'impression qu'il allait m'étrangler à distance!

Misère! Ça sort tout seul! Les trois me regardent encore de manière perplexe, ne comprenant pas ma référence.

— Oui, comme le ferait Darth Vader.

Toujours aucune réaction. Mais ils sortent d'où?!

— *Come on! Star Wars!*

9

Le bouton d'ascenseur

*L*e vendredi 24 septembre ! C'est la fête de la rentrée à Eos. Pour l'occasion, l'entreprise a réservé une immense salle de réception dans un magnifique hôtel du centre-ville. Je fais mon entrée en compagnie de Sandrine. Elle est venue se préparer chez moi et nous avons pris un taxi ensemble jusqu'ici. Elle porte ma robe de dentelle bleue (celle que j'avais mise au mariage d'Alexandre), qui lui va à merveille. Pour ma part, j'ai choisi une splendide robe de cocktail émeraude. Je l'avais achetée lors des soldes d'après Noël, l'hiver passé, et j'avais très hâte de la porter. Nous apercevons nos quatre collègues, qui sont déjà attablés, et allons les rejoindre.

Je commande un cola au bar. La soirée est avancée et je fais très attention à mes consommations. Pas question d'être soûle. J'ai appris de mes excès de l'été ! Sandrine vient me rejoindre en riant.

— Élise, tu étais où ?

— Avec Pascal et Luc dans le *lounge*. Pourquoi ?

— Nous avons toutes les deux perdu notre pari, mais il faut absolument que tu viennes voir ça ! me dit-elle en me tirant le bras avec excitation.

Chaque année, Sandrine et moi parions sur l'employé qui attachera le premier sa cravate autour de sa tête. C'est immanquable, à toutes les fêtes de la rentrée, un de nos collègues le fait, symbole classique et même stéréotypé d'une ivresse certaine.

Mon amie m'emmène vers la piste de danse. Au milieu de celle-ci se trouve Benjamin, qui se déhanche comme s'il n'y avait pas de lendemain. Il ne porte pas une cravate autour de la tête, mais deux ! Ha ha ha ! Je vais pouvoir à mon tour lui faire une imitation de sa performance. La vengeance sera douce !

***

Nous sommes lundi matin et j'entre en courant dans le local de la GEC. Je m'assois à ma place.

— Vite, il s'en vient ! dis-je à l'intention de mes collègues.

De son bureau, Simon me lance une cravate. Comme les autres membres de mon équipe, je la noue autour de ma tête. Ensuite, nous allumons nos ordinateurs et nous mettons au travail comme si de rien n'était, laissant à l'occasion échapper de petits rires nerveux. Benjamin passe enfin la porte du local. Il s'arrête net lorsqu'il nous voit :

— Ha ha ha… Pas drôle.

Pascal se lève et commence à danser, suivit de nous tous.

— C'est bon ! J'ai compris, abdique Benjamin, qui finit par rire avec nous. Allez, les enfants, c'est le temps de remplir vos fiches RAM…

***

Pour la dixième fois au moins, Louis tente de faire démarrer sa voiture garée dans son entrée de garage. Je lui envoie un sourire fataliste.

— Merde! Ça m'apprendra à laisser mes phares allumés… Mais je ne comprends pas, ils s'éteignent automatiquement, d'habitude… On peut prendre ton auto, pour ne pas manquer le film?

— Non, non, on est mieux de régler le problème maintenant.

La vérité, c'est que je n'ai pas très envie d'aller encore une fois au cinéma. Et puis Louis choisit toujours des films que je trouve déprimants. Le dernier s'est terminé par le double suicide des principaux protagonistes. Un remède idéal contre la bonne humeur… Manque de chance, il n'aime pas mes suggestions de film. Il s'est même moqué en disant qu'ils étaient «trop commerciaux». J'ai alors fait des efforts pour essayer d'autres genres. Résultat: je passe la moitié du film à pleurer! Pas super, pour une fille qui veut faire bonne impression. Sans parler du gâchis côté mascara…

— Je suis désolé, Élise. Il va falloir *booster* la voiture. Je vais demander à mon voisin s'il a des câbles.

Évidemment, j'en ai dans mon véhicule, mais il ne me laisse pas le temps de répondre et descend de sa voiture. Je pense que je ferais mieux de le laisser s'arranger avec ses affaires…

Le voisin, Pierre, a placé son automobile en face de celle de Louis et ils ont soulevé leur capot. Les deux hommes tentent de placer les câbles, mais ne semblent pas trop s'y connaître en mécanique. Pierre allume le moteur de sa voiture, qu'il laisse tourner doucement. Après quelques minutes, c'est à Louis de faire démarrer son véhicule. Rien ne se produit. Il essaie à plusieurs reprises, sans obtenir de résultat. Je m'étire le cou pour inspecter, question de voir comment sont installés les câbles de démarrage. Pas étonnant que la suralimentation de la batterie ne fonctionne pas, ils sont fixés à l'envers. Les hommes ont confondu le positif et le négatif. Seigneur! Ils risquent d'endommager le système électrique de la voiture. J'ouvre la bouche pour les prévenir, mais le spectre d'«Élise la castratrice» jette son ombre sur moi. Je décide de ne rien dire. Après tout, ils finiront bien par trouver tout seuls. Et les risques sont minimes, il n'y a aucune flammèche…

***

Les rires de Romain résonnent dans les haut-parleurs du système mains libres de ma voiture. En route vers le travail, je lui raconte l'incident de la batterie déchargée de Louis.

— Ç'a dû te rendre folle de ne pas pouvoir leur dire que les câbles étaient inversés!

— Une véritable torture!

— Finalement, qu'est-ce qu'ils ont fait?

— Louis a appelé une dépanneuse…

— Ha ha ha! Mais tu ne crois pas qu'il aurait été content que tu lui sauves cette dépense?

— Ben oui, autant que mon ex était «heureux» que je lui montre à faire un feu de camp et que je mette ses étagères de niveau…

***

J'attends dans mon vestibule que Louis passe me prendre. Patricia et Benoît nous ont invités à souper chez eux en compagnie de deux autres couples. Je tiens une bouteille de vin que je suis allée acheter à la SAQ. Toujours avec le souci de faire bonne impression, j'ai demandé l'aide d'un préposé pour faire mon choix. J'ai également acheté un petit cadeau pour nos hôtes; un joli ensemble d'huile d'olive et de vinaigre balsamique.

Louis stationne sa voiture et en descend alors que je me dirige vers lui. Il est toujours très galant et m'attend

en tenant la portière du côté passager ouverte. J'arrive à sa hauteur et il m'embrasse. Bon enfin, un peu de rapprochement… Nous n'avons toujours pas «consommé» notre relation. Il remarque ma bouteille :
— *Wow*, bon choix! Moi, j'ai opté pour un sancerre que j'ai très hâte d'essayer.

Une fois que nous sommes arrivés au luxueux condo du couple d'amis, je fais la connaissance de Maxime et Eva, ainsi que de Bruno et Isabelle. Ils sont sympathiques et nous discutons vivement de tout et de rien. Je comprends ainsi que les trois hommes sont des amis d'enfance qui se sont rencontrés à la petite école.

Benoît prend nos bouteilles de vin et va les ranger dans son cellier. Nous nous attablons. Patricia nous sert de la lasagne accompagnée de salade et Benoît remplit nos verres de vin. Louis l'arrête :
— Elle est où, ma bouteille de sancerre? Je voulais qu'on l'essaie!
— Oh, j'avais déjà ouvert celle-ci. On la prendra après…

Dans un geste maladroit, Isabelle accroche sa coupe de vin, la faisant vaciller. En l'attrapant pour l'empêcher de se renverser, elle échappe sa fourchette. Elle se lève pour la ramasser et s'aperçoit qu'elle a sali son siège. Elle se confond immédiatement en excuses. Je me penche et je vois trois minuscules taches orange sur le tissu blanc de sa chaise. Patricia laisse échapper un soupir senti et lui dit :
— Tu ne veux pas savoir combien ces chaises nous ont coûté… Et elles sont neuves…

Je remercie le ciel de ne pas être à l'origine de ce dégât. En revanche, Isabelle semble se sentir très mal. Elle se dirige vers la cuisine pour aller chercher de quoi nettoyer. Elle revient et frotte avec énergie les petites taches avec un linge mouillé. Patricia et Benoît reprennent leur conversation comme si de rien n'était.

De longues minutes s'écoulent. Ma nouvelle amie s'évertue toujours à tenter de faire disparaître les taches. J'arrête de manger pour lui venir en aide.

— Peut-être avec du savon à vaisselle ? lui proposé-je.

Elle fait un autre aller-retour à la cuisine et je m'accroupis à côté d'elle. Nous frottons à deux. Les taches sont tenaces. Je lève la tête vers nos hôtes, espérant qu'ils nous disent de laisser tomber, ce qu'ils ne font pas. En désespoir de cause, Isabelle demande s'ils ont du détachant.

— Non. Il faudrait aller au magasin, répond Patricia.

— Bon. Eh bien, je vais y aller, dit Isabelle.

— Tu pourrais au moins finir de manger avant, dis-je, très surprise par la tournure des événements.

— Il faut que les taches soient fraîches, sinon le produit ne sera pas efficace, souligne Patricia.

Seigneur, ils vont vraiment laisser partir Isabelle au magasin alors qu'elle n'a pris qu'une bouchée de sa lasagne ?

— Écoutez, intervient Benoît en s'adressant à Bruno et Isabelle, laissez faire. On peut s'arranger autrement. Je ne sais pas, payez la moitié de la chaise et on n'en parle plus…

— Et elle vaut combien, cette chaise ? demande Bruno.

— Mille dollars, répond-il.

— Pour une seule chaise ? s'enquiert Bruno, étonné.

— Bien sûr ! réplique Benoît.

Les yeux d'Isabelle s'arrondissent. Elle et son conjoint sont tous les deux enseignants au secondaire. Ils n'ont pas les moyens de mettre 500 dollars sur une chaise qui ne leur appartient même pas. Isabelle décide d'aller au magasin acheter du détachant et Bruno lui propose de l'accompagner. J'envoie un regard hébété à Louis, qui semble trouver la situation normale. Dans mon livre à moi, si on décide d'avoir des chaises recouvertes d'un tissu blanc, on doit assumer qu'elles pourront être tachées, peu importe le prix. Ce sont des chaises ! Autour d'une table ! Où l'on mange de la nourriture… qui peut SALIR !

— Ouais, ils sont *cheap*, dit Sara.

— Et pas très accueillants, ajoute Marie.

Je suis dans ma voiture en pleine conférence téléphonique avec mes deux amies. J'avais absolument besoin de leur parler de ma soirée chez Patricia et Benoît.

— *Cheap* n'est pas un qualificatif assez fort ! En plus de toute l'histoire avec la pauvre Isabelle, il faut que je vous parle du vin ! Écoutez ça. Louis et moi avons tous les deux acheté une bonne bouteille pour la soirée, tout comme les autres couples. Benoît a pris nos bouteilles et les a rangées dans son cellier. Nous ne les avons jamais revues ! Benoît nous a servi une de ses bouteilles, un vin d'épicerie que je connais bien et qui ne coûte pas cher. Lorsqu'elle a été terminée, il a refusé d'en ouvrir une autre. Il a répondu à la demande de ses amis qu'il ne voulait plus boire de vin. Louis lui avait pourtant dit au moins deux fois qu'il aurait aimé ouvrir la bouteille qu'il avait apportée…

— Il pensait peut-être que c'était pour compenser les frais du repas, avance Sara.

— Ben là ! Ils nous ont servi de la lasagne et de la salade pour souper. Isabelle et Bruno s'étaient chargés d'apporter un beau gâteau chocolat praliné et Maxime et Eva, des fromages et du pain. Et moi, en plus, je leur ai offert un cadeau ! Nous avons donc eu droit à une bouteille pour huit personnes et ils ont conservé les quatre que nous avions apportées ! Incroyable, pour du monde qui achète des chaises dont la valeur à l'unité est la même que pour tout mon ensemble de salle à manger !

— Et Louis, est-ce qu'il est comme eux ? interroge Marie.

— Non, pas du tout. Il est très généreux et n'aurait jamais fait tant de chichi pour trois petites taches…

— Il ne s'est pas indigné quand ils ont demandé de l'argent à Isabelle ? demande Sara.

— C'est ça, le problème. Pas du tout ! Il les idéalise ! Pour lui, Patricia et Benoît ne peuvent jamais rien faire de mal. Ils sont parfaits. Et c'est impossible de les critiquer ! Les autres aussi agissent comme ça avec eux. C'est comme s'ils étaient de la royauté ! Une royauté qui terrorise leurs sujets !

— Et sinon, comment ça va avec lui ? s'enquiert Marie.

— Je ne sais pas trop. C'est étrange. Après le souper, il m'a raccompagnée à mon condo. Je lui ai offert d'entrer et il m'a répondu qu'il devait retourner chez lui pour sortir son chien ! J'ai peur qu'il ait des réserves à propos de nous…

— Ou alors il prend son temps. C'est peut-être une bonne chose, non ? questionne Sara.

— Peut-être… Ou, ironisé-je, il doit d'abord obtenir la permission de Patricia et Benoît, qui sont encore en train d'évaluer mon dossier !

***

— Et puis, comment as-tu trouvé mes amies ? Elles sont fantastiques, hein ? demandé-je à Louis avec anticipation alors que nous marchons dans la rue.

Nous venons de partir de chez Marie, qui recevait des invités. J'avais très hâte qu'il rencontre enfin mes copines. J'ai trouvé la soirée très agréable et je suis heureuse. Nous étions assez nombreux dans son condo. Nous nous sommes bien amusés et Louis a pu faire la connaissance de plusieurs de mes copains.

— Oui, Sara est très bien…, répond-il, évasif.

— Et Marie ? le questionné-je avec inquiétude.

— Je ne sais pas. Je la trouve plutôt… intense.

— Quoi ?

— Mais oui, elle aime beaucoup s'entendre parler... Tu ne vas pas me dire que tu n'as jamais remarqué?

— Non, pas du tout!

— Mais oui, quand elle parlait de son rôle au théâtre, Lady Macbeth!

— C'est seulement parce qu'elle est passionnée. C'est normal qu'elle essaie de défendre les motivations de son personnage.

— Moi, je pense qu'elle a besoin d'attirer l'attention sur elle.

— Oh, je ne suis vraiment pas d'accord.

— Ben voyons. Quand elle s'est levée pour aller danser, tu ne vas pas me dire que ce n'était pas calculé.

— Pas du tout. Elle adore ça, danser! Et qu'est-ce que ça peut faire? Elle est chez elle avec ses amis!

— Écoute, c'est ta copine et c'est correct. Je ne suis juste pas habitué de me tenir avec ce genre de personne.

Je n'en reviens pas. Marie nous a reçus chez elle à bras ouverts. Elle nous a préparé un véritable banquet. C'est une hôtesse fantastique! Elle s'assure toujours que tous ses invités ne manquent de rien et qu'ils se sentent à l'aise. Elle ne demande jamais d'aide pour préparer le repas, servir ou faire la vaisselle. Et si quelqu'un a le malheur de briser quelque chose, jamais elle ne lui demandera un dédommagement! Contrairement à deux personnes que je connais...

— C'est absurde, tout le monde aime Marie!

— Ça, c'est seulement parce que c'est une vedette.

Je me sens devenir de glace. Je le trouve injuste envers mon amie, qui s'est montrée si gentille avec lui. J'accélère le pas et ne dis plus rien. Il marche également plus vite pour suivre ma cadence. Je tourne la tête pour l'observer. Il me sourit, ne se rendant pas compte de la déception que je ressens en raison de ses remarques sur ma copine. J'ai envie de le planter là. Il glisse son bras autour de ma taille. De toute évidence, il ne se doute de rien. C'est peut-être parce que ma réaction est démesurée ? Comme d'habitude, j'amplifie tout. Je me raisonne et me sens ridicule. Il ne l'a rencontrée qu'une seule fois, après tout ! Il a simplement eu une perception erronée d'elle. Il finira par mieux la connaître et se rendra bien compte à quel point elle est formidable. Je lui renvoie finalement son sourire.

— Que veux-tu faire ? me demande-t-il. Je vais te conduire chez toi ?

Sa question me rend confuse. Que veut-il au juste ? Espère-t-il que je prenne le *lead* et que je lui demande d'aller chez lui ? Évidemment, il ne peut pas venir à mon condo à cause de son chien… J'aurais préféré une proposition claire de sa part, qu'il prenne l'initiative. Je ne veux pas me tromper sur ses intentions et risquer de m'inviter chez lui alors que ce n'est pas ce qu'il désire. Je ne sais pas trop quoi lui répondre.

— C'est vraiment gentil de m'offrir un *lift*.

Ma réponse semble être la bonne. Nous continuons de marcher vers sa voiture et il me parle d'un nouveau projet d'acquisition sur lequel il travaille pour son entreprise.

***

Je relance la balle à Grisou. Il est infatigable et ne se lasse jamais de la rapporter. Il revient vers moi et la dépose sur mes cuisses. Louis termine un appel et vient me rejoindre dans le salon de son joli cottage d'Outremont. Il me sourit.

— On arrête prendre une bouchée et on va au cinéma ?

Encore le cinéma. C'est comme du fétichisme… Nous avons pris l'habitude de sortir ensemble les mercredis et il s'agit maintenant de notre activité principale. J'ai réussi à l'occasion à le faire changer d'idée pour aller voir des expositions d'art. Au moins, là, nous pouvons discuter.

— Pourquoi on ne reste pas ici ? On pourrait cuisiner ensemble ?

— Mon réfrigérateur est vide… Si tu veux, on peut aller voir le film dont tu m'as parlé. Le dernier *X-Men* ?

— Je suis allée le voir. C'est plate, avoir su…

— Ah oui ! Avec qui ?

— Avec mon ami Romain.

Le visage de Louis change. Il a l'air surpris.

— Et qui est Romain ? Il n'était pas chez Marie ?

— Non. C'est juste un ami. Il aime la sci-fi aussi.

— Et tu vas au cinéma avec un ami gars ? Est-ce qu'il est gai ?

Misère ! Il ne manquait plus que ça ! Lui qui est d'habitude si calme semble soudain agité. Je n'aurais jamais cru que ça pourrait le déranger.

— Il n'est pas gai, mais il n'y a rien entre nous. On est juste allés voir un film.

— Ce n'est pas lui qui t'envoie souvent des textos ?

Oh là là ! J'ai l'impression d'être une enfant qui vient de se faire prendre la main dans le sac. Mais qu'est-ce que ça peut bien faire, qu'il m'envoie des messages à l'occasion ?

— Euh, oui. Est-ce que c'est si étonnant, entre amis ?

Louis s'assoit à mes côtés. Il me prend les mains et me sourit.

— Excuse-moi, Élise. Probablement que nous aurions dû avoir cette conversation-là plus tôt… Je suis heureux de t'avoir rencontrée et j'aimerais beaucoup qu'on bâtisse une relation sérieuse ensemble.

— Ce n'est pas ce que nous faisons ?

— Oui, et je pense qu'on devrait être « exclusifs ». Je ne suis pas à l'aise que tu ailles au cinéma seule avec un autre gars… C'est une activité de couple, non ?

Je finis par convenir qu'il a raison. Je lui dis que je vais changer mes activités avec Romain pour qu'elles soient plus «appropriées». Louis semble ravi et rassuré. Il m'enlace. Nous commençons à nous embrasser. Louis déboutonne mon chemisier de soie, mais s'arrête avant d'avoir terminé.

— Romain, c'est un ami d'enfance?

— Non, c'est Marie qui me l'a présenté au *wrap party* du film *Rien que du bleu*.

— Ce film n'est même pas encore sorti au cinéma, souligne-t-il en se redressant complètement. Ça ne fait donc pas très longtemps que tu le connais… Est-ce que c'était une *date*?

Seigneur! Va-t-il lâcher le morceau?

— Mais tu t'inquiètes pour rien, vraiment. En plus, il n'a que vingt-deux ans…, lui réponds-je en l'attirant vers moi.

— Je veux juste mettre quelque chose au clair, dit-il en repoussant mes avances. As-tu déjà couché avec lui?

Je le regarde sans répondre. Évidemment, il interprète mon silence comme une confirmation de la chose…

— Bon, ce n'est pas grave, dit-il. Mais à l'avenir, je préférerais que tu ne le fréquentes plus.

— Ben là, c'est…

— Je ne plaisante pas, Élise. Si tu veux quelque chose de sérieux avec moi, il faut que tu me promettes que tu ne le verras plus…

Je sens mon estomac se nouer. Ne plus revoir Romain, mais c'est impossible! Je n'ai pas du tout envie de le sortir de ma vie. Nous avons tellement de plaisir ensemble. Je me suis habituée à lui écrire des messages chaque fois que j'ai une idée loufoque qui me passe par la tête. C'est le seul avec qui je ne me censure jamais.

— Est-ce vraiment nécessaire?

— Je pense que oui. De toute façon, qu'est-ce que tu peux bien avoir en commun avec un gars de vingt-deux ans?

Pas mal plus de choses qu'avec toi, me dis-je intérieurement. Soudain, je me rends à l'évidence. Mais qu'est-ce que je fais avec Louis? Nous n'avons absolument rien en commun. J'ai mis tellement d'énergie pour lui plaire que j'en ai oublié de me poser une question importante : est-ce que *lui* me plaît? Nous ne partageons pas les mêmes champs d'intérêt, nous n'avons pas le même sens de l'humour et je trouve ses deux meilleurs amis odieux. S'il a trouvé Marie trop intense, j'imagine qu'il va flipper lorsque je finirai par m'emporter devant lui sur un de mes sujets de prédilection comme la sci-fi, la physique ou ceux qui gravissent des montagnes…

Un autre élément que je ne peux continuer d'ignorer : il n'y a pas beaucoup de chimie entre nous. Sinon nous aurions fait l'amour depuis longtemps. Dans le fond, je le trouve sans passion, dans la manière qu'il me touche, dans ses sujets de conversation et même dans sa façon d'entretenir sa maison. Je regarde autour de moi, tout est froid… sauf son chien Grisou, qui détonne dans ce décor. Louis est peut-être parfait sur papier, mais il n'y a pas d'énergie qui passe entre nous. Il a certainement de belles qualités, mais je doute que nous puissions être heureux ensemble. Je n'éprouve que très peu de désir charnel pour lui. Je ne vais quand même pas me forcer… Je fais un geste pour reboutonner mon chemisier, mais j'hésite. Je scrute encore une fois la décoration de sa maison. Je remarque alors les chaises de sa salle à manger : ce sont les mêmes que celles de Patricia et Benoît! Seigneur, cet homme n'est pas pour moi! Je veux juste m'en aller au plus vite!

***

Je grimpe deux par deux les escaliers qui mènent à l'appartement de Marie. Je suis dans un état qui frôle la panique depuis que j'ai rompu avec Louis, il y a un peu moins d'une heure. J'avais l'air très en contrôle lorsque je lui ai expliqué que je pensais que ça ne fonctionnerait pas entre nous. En revanche, une fois dans ma voiture, j'ai failli plusieurs fois faire demi-tour pour le supplier de me reprendre. Ne sachant plus quoi faire, j'ai convoqué une rencontre d'urgence avec mes deux amies.

Installées autour de la table de cuisine, Marie et Sara m'écoutent depuis un bon moment élucubrer sur ma situation. J'ai tellement besoin de leurs conseils.

— Est-ce que je le rappelle pour m'excuser? J'ai l'impression d'avoir gâché la dernière chance qu'il me reste.

— La dernière chance de quoi, au juste? me demande Sara.

— Ben voyons! D'avoir un amoureux, des enfants, une famille!

— Mais tu capotes! s'emporte Marie. En quoi c'est ta dernière chance? Tes jours sur la terre ne sont pas comptés, à ce que je sache!

— Oui, mais tu sais, la ménopause précoce…

— Et puis? Personne ne sait ce que l'avenir réserve, continue Marie. Il y a une fille que je connais qui, sans avoir de problèmes apparents, essaie d'avoir des enfants depuis plus de sept ans. Être capable de devenir enceinte n'est une certitude pour personne!

— En plus, ajoute Sara, même si tu persévères avec Louis, qu'est-ce qui te dit que ça va fonctionner? Vous pourriez très bien vous laisser dans un an, ou deux, ou trois… Et tu ne lui as même pas parlé de bébés…

— Oui, mais je me disais que si je jouais mes cartes comme il faut…

— Voyons! répond Marie. Tu te laisses mener par la peur! C'est quoi, ton plan? Faire semblant d'être une autre personne et demeurer dans une relation qui ne te rend pas heureuse parce que tu as la croyance erronée que ce sera la dernière?

— C'est vrai que je n'étais pas moi-même avec lui…

— Élise, il faut que tu aies un peu plus confiance en la vie et que tu la prennes comme elle se présente, me conseille sagement Sara.

Les filles ont raison. Je ne peux pas tout contrôler. Je ne vais pas rappeler Louis. C'était absurde de penser que je pourrais forcer des sentiments qui ne sont pas là. Je n'aurais jamais été heureuse avec lui… Pour les enfants, je trouverai une solution en temps et lieu. De toute façon, je ne suis même pas prête à en avoir maintenant. La crainte d'être infertile a créé chez moi un sentiment d'urgence qui n'existait pas avant. Un jour, j'en aurai sûrement, d'une manière ou d'une autre. Ce serait une grave erreur que de précipiter les choses.

— Moi, il y a une affaire qui me chicote depuis le début, dans ton histoire, dit Marie en me tirant de mes grandes réflexions. Tu as fait des pieds et des mains pour rester avec Louis ; tu as réprimé toute ton impulsivité, tu t'es tapé des films que tu détestes, tu as suivi de manière stricte une liste de choses à ne pas faire, tu as enduré ses amis… Mais à la minute où il te demande de ne plus voir Romain, tu le laisses !

— Ouais, c'est vrai, ça ! s'exclame Sara.

— Ben là ! Je n'étais quand même pas pour le laisser me dire qui je peux ou ne peux pas fréquenter. Vous ne trouvez pas que c'est contrôlant ?

Mes deux amies ne semblent pas du tout gober mon explication et me regardent sans broncher.

***

Mon père distribue les cartes sur la table à café de son petit salon. J'ai mal dormi la nuit passée. Je ne pouvais m'empêcher de faire et refaire le bilan de ma vie. Aux petites heures du matin, j'en suis venue à la conclusion que j'avais fait les bons choix. Étrangement, je me sens libérée et suis heureuse de pouvoir passer à autre chose.

Romain, qui vient de voler deux rois à mon papa, éclate de rire. Je ne peux m'empêcher d'esquisser un sourire. Je le trouve mignon. Il n'a pas raté une visite au centre, les jeudis, depuis la fois où il s'était gentiment invité. Je me rappelle alors comment je me suis sentie lorsque Louis m'a demandé de ne plus le voir. Un mélange de détresse et de panique. Je n'avais pas réalisé à quel point je m'étais attachée à lui. Assise à ses côtés sur la petite causeuse, mon corps touche le sien et je peux sentir sa chaleur. Pourtant, je ne le trouve pas encore assez proche de moi. J'aimerais lui prendre la main, humer sa peau et l'embrasser. Mes amies ont tellement raison ! Je suis amoureuse de Romain !

— Élise, c'est à toi de jouer, me dit mon père, me ramenant à notre partie.

— Oui, oui. Je n'ai rien dans cette couleur, je dois piger.

Je prends une carte et la place dans ma main sans la regarder. Je suis incapable de me concentrer sur le jeu. J'ai l'impression que mon cerveau surchauffe. Mais qu'est-ce que je vais faire ? Comme si de rien n'était ? Mauvaise idée. Je me connais, je risque d'exploser à un moment inopportun. Il faut que je lui parle… Ce ne sera pas facile. Il semble très confortable dans le rôle de l'ami. Il va probablement se moquer de moi. Pourquoi serait-il intéressé ? Il connaît tous mes défauts, y compris mes problèmes de santé. Je serai humiliée et je le perdrai pour toujours. Je ne peux pas prendre ce risque. J'entends dans ma tête la voix grave de Marie : « Tu te laisses mener par la peur ! » Misère, je suis au seuil de la folie…

Je fais la bise à mon papa et Romain lui serre la main. Il nous suit en chaise roulante jusqu'à la porte de son appartement.

— À la prochaine, les jeunes ! Élise, tu prendras ta revanche. Tout va bien, ma chouette ? Tu avais l'air préoccupée.

— Un dossier au travail, mens-je. Ne t'en fais pas. À jeudi prochain !

Romain et moi quittons mon père et marchons dans le corridor. Je suis encore à débattre intérieurement pour savoir si je dois lui faire part de mes sentiments. *Calme-toi, Élise! Prends ton temps et demande l'avis de tes amies.* Voilà, j'ai au moins une solution temporaire. Je respire un peu mieux.

Nous entrons dans la cabine de l'ascenseur pour descendre au rez-de-chaussée. Il s'agit de très vieux ascenseurs et les portes mettent toujours une éternité à se fermer. Romain appuie plusieurs fois sur le bouton aux deux flèches qui se font face sans qu'aucun effet ne se produise. Son impatience me fait rigoler :

— Tu perds ton temps.

— C'est vrai. Dans tous les ascenseurs, c'est la même chose. Ce bouton ne sert jamais à rien!

— Ma théorie est qu'il n'est là que pour neutraliser les gens stressés. Tu comprends? Il n'est pas branché et on aurait mis dessus une fine couche de calmant…

Romain me regarde et éclate de rire alors que les portes se ferment.

— Je t'aime, Élise! Il y a juste toi pour inventer des histoires pareilles.

Je fige complètement. Ai-je bien entendu? J'ai l'impression que mon cœur vient d'exploser dans ma poitrine.

— Excuse-moi, ajoute immédiatement Romain en passant une main sur son front. Je n'aurais jamais dû te dire ça. Je sais que tu veux qu'on soit des a…

— Moi aussi, je t'aime! m'écrié-je.

Sans perdre une seconde, Romain m'enlace et m'embrasse passionnément. Je lui réponds avec fougue, pouvant enfin m'abandonner à mon désir, que j'avais si bien refoulé. Au rez-de-chaussée, les portes de l'ascenseur s'ouvrent devant trois personnes âgées, dont une femme en marchette, sidérées par le spectacle que nous leur offrons. Ne pouvant réprimer notre fou rire, Romain et moi sortons précipitamment en nous tenant par la main.

Épilogue

*J*e me promène dans la boutique Les fringues en évitant de croiser le regard du propriétaire. C'est la première fois que j'y retourne depuis l'épisode où j'ai été coincée dans un vêtement.

— Tu devrais essayer cette robe-là aussi! suggère Sara à Marie, qui se dirige vers une cabine avec plusieurs vêtements sur un bras.

Sara exhibe maintenant un gros ventre bien rond et semble complètement épanouie. Elle a décidé de suivre le conseil qu'elle m'avait donné lorsque j'ai rompu avec Louis, soit de faire davantage confiance à la vie et de la prendre comme elle se présente. Elle a donc annoncé à son cabinet qu'elle partait plus tôt que prévu en congé de maternité et qu'elle ne reviendrait que dans une année. Elle veut se concentrer sur Élisabeth, sa petite fille qui devrait naître d'ici deux semaines.

Mon téléphone vibre. J'ai reçu un message de Romain. Il s'agit d'une photographie de lui qui montre du doigt, d'un air subjugué, un OVNI dans le ciel. J'approche l'appareil de mon visage pour mieux voir. Je me rends compte que l'objet volant non identifié est en fait un Frisbee décoré. J'éclate de rire.

Je me sens si bien, avec mon nouvel amoureux. J'ai l'impression d'être chez moi partout où je suis avec lui. Évidemment, j'ai dû essuyer plusieurs taquineries au bureau. À l'exception de Sandrine, mes coéquipiers me surnomment dorénavant « Élise-C ». Le C étant pour « cougar »… Ils finiront bien par se fatiguer un jour et trouver autre chose pour se moquer.

Marie sort de la cabine, ayant revêtu la robe choisie par Sara.

— *Wow!* Elle te va super bien! m'exclamé-je. Attention, tu vas créer des émeutes si tu la portes dans la rue!

Le propriétaire arrive derrière moi en acquiesçant. Il fait un pas pour me dépasser, mais s'arrête à ma hauteur.

— Excuse-moi, me dit-il. Je pense que tu t'es assise sur du chocolat.

Je fais une contorsion afin de regarder mon postérieur. Il y a une tache sombre sur ma jupe grise, au beau milieu de mes fesses.

— Les filles! m'écrié-je avec bonheur, j'ai mes règles!

Tout en laissant échapper à leur tour des cris de surprise, mes amies m'entourent. Nous nous faisons de grandes accolades en sautant de joie, sans nous soucier du regard stupéfait du propriétaire de la boutique.

Remerciements

J'aimerais remercier mes splendides amies, qui sont ma première source d'inspiration. J'aimerais également remercier toute ma famille, en particulier mes parents et ma sœur, pour leur éternel soutien. Un énorme merci à l'équipe du Groupe Librex pour m'avoir fait confiance. Merci à Nadine Lauzon, mon éditrice ; c'est tellement agréable de travailler avec toi. Finalement, j'aimerais remercier mes deux garçons pour tout le bonheur qu'ils m'apportent et, évidemment, mon fantastique mari, Guillaume.

Suivez les Éditions Libre Expression sur le Web :
www.edlibreexpression.com

Cet ouvrage a été composé en Minion 12/14
et achevé d'imprimer en janvier 2015 sur les presses
de Marquis imprimeur, Québec, Canada.

certifié   procédé   100 % post-   archives   énergie
    sans chlore   consommation   permanentes   biogaz

Imprimé sur du papier 100 % postconsommation, traité sans chlore,
accrédité Éco-Logo et fait à partir de biogaz.